Heinrich Beck

Verirrung ohne Laster

Ein Schauspiel in fünf Aufzügen

Heinrich Beck

Verirrung ohne Laster
Ein Schauspiel in fünf Aufzügen

ISBN/EAN: 9783743643925

Hergestellt in Europa, USA, Kanada, Australien, Japan

Cover: Foto ©Andreas Hilbeck / pixelio.de

Weitere Bücher finden Sie auf **www.hansebooks.com**

Verirrung ohne Laster.

Ein Schauspiel

in

fünf Aufzügen.

Von

Heinrich Beck.

1793

Meinem

ewigtheuern

Iffland

gewiedmet.

Vorrede.

Um mich vor Mißdeutung zu sichern, mache ich einige Vorerinnerungen.

Fieldings Tom Jones war von jeher mein Lieblings-Roman. Der Held Thomas so fehlerhaft, wahr; und doch so liebenswürdig! Der Romandichter hat viel Raum für die Phantasie. Der dramatische Dichter ist durch die Einheiten sehr beschränkt. Diesen zu entsprechen, blieb mir nicht mehr übrig, als von jenem meisterhaften Bilde eine schwache Skizze zu entwerfen; das heißt: Einen leichtsinnigen, feurigen deutschen Jüngling, mit Fehlern der Außenseite und einem edlen Herzen, mit Beybehaltung der Delikatesse, welche dem Schauspieldichter obliegt.

Ein Stück, welchem die beyden kräftigsten Triebfedern der Leidenschaften fehlen, (Ehrgeiz, und Liebe) hat Vieles gegen sich. Wem verdanke ich nun den Beyfall dieses Stücks auf mehrern der ersten deutschen Bühnen?

nen? — Der einfachen Wahrheit Etwas; Vieles der Lebhaftigkeit und Kunst in der Darstellung! Es giebt mir große Achtung für die Publikums und Schauspieler, welche unter den haut gouts, welche itzt so fleißig aufgetischt werden, auch wohl eine so einfache Hausmannskost genießen wollten. Das es sogar eine Privatbühne, unter der Leitung einer Geschmack- und Kenntnißvollen Fürstinn aufzuführen würdigte; dieß hebt mich weit über meine Erwartungen!

Der erste Akt dient zur Exposition. Wer es wagt, schon da ein großes Interesse zu erregen, muß einen sehr reichen Vorrath von Kraft und Handlung besitzen. Ich hatte diesen nicht; daher die Leere im ersten Akt; daher — die Bitte um Nachsicht!

Das Stück hatte ursprünglich einen ganz andern Gang. Ich brachte Gustav's Leichtsinn und Enthusiasmus in Verhältnisse, die denjenigen Zeiten (und Enthusiasten) ganz angemessen seyn sollten. Männer, die ich sehr achte, widerriethen mir dieß. Nun mußte ich zwey Akte ganz neu schaffen, die andern umarbeiten. Die erste Szene ist itzt nur Conver-

versation, Theegespräch im engen Familien=
zirkel; die Beziehung ist weg. Ich hätte
noch Einiges geändert; ich hätte die Fabel
weggethan, welche Vielen anstößig seyn dürf=
te; allein Herr Schink fällte ein sehr gün=
stiges Urtheil über diese kleine Allegorie auf
eine große Begebenheit! Er führte sie in sei=
nen dramat. Monaten wörtlich an — nun
ist sie mir werther geworden. Das Stück
schrieb ich im Herbst 1789; ich fühlte so: die
Zeit wird lehren, in wie weit ich irrte. Ich
nehme hier Gelegenheit, Herr Schink öf=
fentlich zu danken, für die Art seiner Kritik.
Sein Tadel ist so ganz gegründet, sein Lob
sehr ermunternd. So wird Kritik eine sanfte
Führerinn, die weder niederschlägt, noch er=
bittert.

Die Mutter, und ihr jüngster Sohn,
sind allerdings zu flach gezeichnet. Ich wollte
zwar nur ein schwaches Weib, nicht eine
unnatürliche Mutter, einen Weich=
ling, nicht Bösewicht. Das bürgerliche Le=
ben liefert mehr solche Beyspiele. Aber —
dann sind es freylich noch keine Charaktere für
die Bühne! Wollte ich diesen Fehler für den
Druck verbessern, so mußte ich ein ganz neues
Stück

Stück machen; dabey geht aber gewöhnlich von der ersten Wärme Vieles verloren.

Der plumpe Schurke Hülsen soll keine komische Rolle seyn. Er darf durchaus nicht nach Art der gewöhnlichen theatralischen Pedanten gespielt werden. Wer ihn so nimmt, thut dem guten Wiendal groß Unrecht! Der Bösewicht, unter der Gelehrsamkeit verhüllt, konnte ihm wohl eine geraume Zeit verborgen bleiben; den Narren und groben Pedanten hätte er sicher nicht über Gustav gesetzt.

Moral war mein Augenmerk bey diesem Stück! Habe ich nun auch nicht, wie ich doch wünsche, genützt; so bin ich mir doch bewußt, daß ich nicht Beyfall auf Kosten der Sittlichkeit gesucht habe.

Mannheim, im Jänner 1793.

Verirrung ohne Laster.

Ein Schauspiel
in fünf Aufzügen.

Personen.

Regierungsrath Wiendal.
Madam Ehrich, seine Schwester.
Gustav, ein und zwanzig Jahr, ⎫ ihre Söhne.
Albert, zwanzig Jahr, ⎭
Hofrath Blume, ihr Schwager.
Hülsen, Hauslehrer.
Thomas, ehemahliger Gartner.
Hannchen, seine Tochter von sechzehn Jahren.
Franz, sein Sohn von fünf Jahren.
Peter, sein Sohn von sechs Jahren.
Barbier Steps.
Fieke, seine Frau.
Ein Lehrbursche bey einem Goldschmidt.
Philipp, Bedienter bey Wiendal.
Noch ein Bedienter.

Die Handlung ist im ersten, zweyten, dritten und fünften Akt in Wiendals, im vierten Akt aber in des Barbier Steps Hause. Fängt Morgens um halb neun Uhr an, und dauert bis Abends acht Uhr.

Erster Aufzug.

(Morgen)

Erster Auftritt.

Wiendal. Blume und Mad. Ellrich (am Frühstück, im fortgesetzten Gespräche)

Wiendal.

Aber ich liebe die großen Gesellschaften nicht; ich bin nie besser, als unter den Meinigen.

Blume. Da haben sie schon Recht, Herr Bruder. Wenn man Familie hat, und gutes Auskommen; so braucht man nichts von außen zu suchen.

Wiendal. Sie accentuiren auf gutes Auskommen. Ich hab' es. Hätt' ich aber auch weniger, desto mehr würde ich suchen, im kleinen häuslichen Zirkel glücklich zu seyn.

Mad.

werden. Dabey, liebste Schwester, habe ich nie eine Kur nöthig, um mein Blut zu verdünnen.

Blume. Ja, ja! man will immer verbessern, und verbessern. Es ist itzt das Zeitalter des Unternehmens. Dort kämpfen sie für Freyheit, und toben und würgen; hier —

Wiendal. (schnell) Herr Bruder! ich hoffe doch nicht, daß sie Plane fürs Wohl der Menschen mit Schwärmerey und Empörung verwechseln werden?

Blume. Ja, so nennen sie es! dort nennt man es Kampf um Freyheit und Rechte der Menschheit.

Wiendal. Freyheit! Rechte der Menschheit! Die armen, beklagenswürdigen Thoren! die in ihren eignen Eingeweiden wüthen, um ein Phantom zu erkämpfen, das sie nur unglücklich machen würde.

Blume. Das weis ich eben nicht, Herr Bruder! Der Mensch ist zur Freyheit gebohren.

Wiendal Ey, liegen wir denn an Ketten? Freyheit! Freyheit! Ein schönes, hochtönendes Wort! aber wohl dem, der den eigentlichen Sinn davon zu unterscheiden weis! Für den Haufen ist solch ein Signal so schädlich, wie ein Messer in der Hand eines Kindes. Dem ist es die Losung zu Aufruhr und Empörung. Nein, Herr Bruder! das Band der Pflichten, unter dem Schutz und Schirm der Gesetze, ist

ein

ein süßes, leichtes Band. Da ist man ruhig, glücklich, und — frey! Oder meynen sie, daß man denn glücklicher seyn würde, wenn nichts, gar nichts mehr bände, wenn jeder Stärkere den Schwächern unterdrücken, und mißhandeln dürfte?

Blume. Das nicht; aber —

Wiendal. Ich will ihnen eine Fabel erzählen, die mir einfiel, als in dem großen herrlichen Reiche die Freyheitswuth ausbrach. Ein sehr begüterter Landmann besaß Alles, was ihn unter seines Gleichen beneidenswerth machen konnte; fette Triften, schöne Heerden, zu deren Bewachung er mehrere Hunde hielt. Einige Füchse streuten unter den friedlichen Thieren den Samen des Unmuths aus. „Laßt euch nicht so viele Wolle nehmen," sagten sie zu den Schafen. „Ihr werdet zu karg gehalten," sagten sie zu den Hunden — „setzt euch in Freyheit!" Die Thiere brachen mit einemmal in zügellose Wildheit aus; jedes that, was ihm gut dünkte. Einige treu gebliebene Hunde waren das erste Opfer der Wuth. Was nicht verzehrt ward, wurde verderbt. Ordnung, Pflege, Saat und Cultur — alles hörte auf. Die Schwächern büßten früh durch großen Mangel — die Stärkern lebten eine Zeitlang auf jener Kosten. Endlich, nachdem ein großer Theil durch Wuth und Hunger aufgerieben war, als die ungepflegten Fluren keine Nahrung mehr reichten — erwach-
ten

ten die Thiere aus ihrem schädlichen Taumel. Sie krochen bittend zum Landmann. „Sey wieder unser — Herr," riefen sie, „wie zuvor! wir sind irre geführt! strafe die Frechen, die Bösen! aber verzeih uns! Stelle Ordnung, Frieden und Recht wieder her, damit wir ruhig unsere Nahrung erwerben können." Es geschah; aber lange büßten die Thiere für ihre übelverstandene Freyheit. Das schöne Land brauchte Zeit, sich zu erholen.

Blume. Herr Bruder! sie sehen das von einer Seite —

Wiendal. Es ist die einzig wahre Seite. Mein Gott! wir besaßen auch einst etwas jener falschen Freyheit — Aehnliches. Denken sie nur an die Zeiten des Faustrechts. Unser Deutschland zeigt uns die Trümmer noch in den zerstörten Schlössern. Nein! — völlige Freyheit jedes Einzelnen ist Unding. — Die Stärkern erdrücken immer die Schwächern. Nein — itzt schützen uns weise Regenten; und der gute, fleißige Mitbürger genießt ungestört die Früchte seiner Arbeitsamkeit. Das ist die wahre Freyheit!

Mad. Ellrich. Nun laßt endlich einmal das Gespräch bey Seite, ihr Herren! Sag' mir doch, Bruder, wann wirst du das neue Gut besehen?

Wiendal. Uebermorgen, denk' ich.

Blume. Was für ein neues Gut?

Mad.

Mad. Ellrich. Das lindheimsche Gut zu —

Blume. Ey was! Das habe ich noch nicht gewußt. Ich gratulire.

Wiendal. Ich danke ihnen.

Mad. Ellrich. Er hat es „Gustavs Dank" genannt.

Blume. Schön!

Mad. Ellrich. Ja, wenn es nur eben so wahr wäre!

Wiendal. Was macht deinen Zweifel?

Mad. Ellrich. Des jungen Herrn Charakter. Ich sollt' es nicht sagen —

Wiendal. Das ist wahr.

Mad. Ellrich. O, was hülfe das Verhehlen; es ist nur zu sichtbar.

Wiendal. Was ist sichtbar?

Mad. Ellrich. Daß du alle Liebe, alle Geschenke — Alles und Alles an einen Taugenichts verschwendest.

Wiendal. Schwester, es ist dein eigner Sohn!

Mad. Ellrich. (heftig) Ich wäre sehr unglücklich, wenn ich keinen bessern hätte.

Wiendal. Gut! behalte deinen — laß mir diesen.

Blume. (mit einem Wink) Ey, Frau Schwester!

Mad. Ellrich. (einlenkend) Nun, ich habe nichts dagegen, daß er ihm wohl will; er ist ja sein Pathe; er hat ihn aufgezogen; aber nur

nur mit Maaß und Ziel! nur soll er darum nicht ungerecht seyn, gegen den armen Albert.

Blume. Das ist was anders. Den verkennen sie! Gott weiß es, Herr Bruder, sie verkennen ihn. Mir ist Einer wie der Andere; es sind liebe Vettern; ich habe sie Beyde lieb, wie meine Seele! aber — nur kränken sie nicht den Einen zum Vortheil des Andern.

Wiendal. Sorgen sie nicht.

Zweyter Auftritt.

Die Vorigen. Albert.

Albert. Schönen guten Morgen, lieber Herr Onkel. (will Wiendal die Hand küßen)

Wiendal. Guten Morgen! Erst zu deiner Mutter.

Albert. (küßt der Mutter die Hand) Guten Morgen, liebe Mama! (verbeugt sich nochmals gegen Wiendal, dann gegen Blume) Gehorsamster Diener!

Blume. Guten Morgen, Vetter Albert.

Mad. Ellrich. Du warst aus?

Albert. Ich war mit dem Herrn Hofmeister ein wenig botanisiren.

Blume. Schön! das heiß ich Bewegung und Studium vereinigen.

Mad. Ellrich. Wo ist Gustav?

Albert. Ich glaube, im Stall. Ich sah ihn mit Stiefeln und Spornen nach dem Hof gehen.

gehen. (zu Wiendal) Sind sie nicht wohl, liebster Herr Onkel?

Wiendal. Warum?

Albert. Da sie nicht sprechen, war ich besorgt —

Wiendal. Ich bin wohl, mein Sohn.

Albert. (zu Blume) Wie befindet sich die liebe Familie zu Hause?

Blume. Gut, lieber Vetter. Warum besuchen sie uns nicht?

Albert. Ja wohl; ich schäme mich recht. Ich habe lange meine Aufwartung nicht gemacht. Ich hatte aber eine Arbeit, die mich ganz hinnahm; aber ich werde Alles wieder einbringen.

Blume. Soll mich freuen! Je eher, je lieber! je öfter, je besser! Wissen sie was? Nehmen sie den Mittag vorlieb mit uns.

Albert. (verbeugt sich) Wenn der Herr Onkel, und Mama nichts dagegen haben?

Mad. Ellrich. Geh in Gottes Namen, mein Sohn. (Albert sieht Wiendal bedeutend an).

Wiendal. (lächelnd) Ey, was soll ich denn dagegen haben? Du wirst recht gut seyn bey dem Herrn Bruder.

Blume. Nun, es bleibt also dabey?

Albert. Wenn sie so befehlen!

B 2 Drit=

Dritter Auftritt.

Die Vorigen. Gustav.

Gustav. (kommt haftig herein) Albert, wo ist meine Reitpeitsche? — Guten Morgen!

Mad. Ellrich. So? ich glaubte schon, den hätteft du draußen gelassen.

Albert. Ich weis sie nicht; sie ist nicht da?

Gustav. Ich suche sie schon lange, und kann sie nicht fieden.

Albert. Ich will dir suchen helfen. (ab)

Mad. Ellrich. Dein Bruder ist weit gefälliger gegen dich, als du gegen ihn.

Gustav. Es ist doch die Frage, welcher von uns Beyden den Andern mehr liebt.

Mad. Ellrich. Die Frage ist schon längst beantwortet.

Gustav. (mit naiver Laune) Nicht wahr, zu meinem Vortheil?

Mad. Ellrich. Im Gegentheil.

Gustav. Liebe Mama, durch Zweifel werde ich just nicht besser. Trauen sie mir einmal zu, daß ich besser bin, als ich scheine; sie werden sehen —

Wiendal. (unterbrechend) Gustav, du mußt bey Zeiten wieder da seyn, um zum Oberhofmarschall zu gehen. Ich habe mit ihm gesprochen; Du wirst die Sekretärsstelle erhalten, sobald du von der Universität kommst. Er will dich nur zuvor sehen.

Gustav.

Gustav. Welche Zeit soll ich hier seyn?

Wiendal. Punkt eilf Uhr.

Gustav. Gut.

Wiendal. Vergiß es nicht!

Gustav. Nein.

Blume. Also ist's richtig? Das freut mich! — Aber — da nehmen sie sich in Acht, Vetter! da werden sie ihre Noth kriegen.

Gustav. Wie das?

Blume. Das ist der eigensinnigste Mann auf Gottes Erdboden.

Gustav. So?

Blume. Gut ist er, und hält auf seine Leute! er läßt Keinem zu nahe geschehen — aber — verdammte Gewohnheiten —

Gustav. Was denn für welche?

Blume. Alle Morgen um sechs Uhr im Winter, und im Sommer um vier Uhr muß der Sekretär an sein Bette, und ihm vorlesen.

Gustav. Der Teufel, das ist früh!

Blume. Dann müssen sie ihn spazieren begleiten — im Sommer — und im Winter Schachspielen.

Gustav. Das kann ich nicht.

Blume. Ja, so müssen sie's lernen.

Gustav. Das thu' ich nicht; es ist mir zu langweilig.

Wiendal. (einfallend) Du wirst's schon lernen, wenn es nöthig seyn sollte.

B 3 Gustav

Gustav. Aber ich werde ja Marschallamts und nicht sein Sekretär.

Blume. Ja, das hält er aber nicht anders.

Gustav. Das thu' ich nicht! Hören sie, Papa — zum Laquaien mag ich mich nicht verdingen.

Wiendal. (lächelnd) Sorg' nicht, Gustav, es wird so schlimm nicht seyn.

Blume. Nein, schlimm ist er deswegen nicht. Er ist ein herzensguter Herr; nur launisch! — und wenn er das Podagra hat —

Wiendal. (steht plötzlich auf) Wir wollen's versuchen! Geht das nicht, so wird sich schon was anders finden.

Blume. So ist's! Da haben der Herr Bruder recht! man kann so was leicht versuchen; unser lieber Vetter ist noch jung, und kann es schon abwarten — Und am Ende — (gutherzig) paßt die Stelle für den Einen nicht, so paßt sie für den Andern. (halbleise zu Wiendal ins Ohr) Vetter Albert, der ist ein gutes Schaf — der kann schon eher was vertragen. — Ja — (sucht Hut und Stock) Nun muß ich zum Geheimderath. Adieu, lieber Herr Bruder. (giebt Allen die Hand) Empfehl mich, Frau Schwester! Nun, lieber Vetter, besuchen sie mich öfters; sie wissen ja, sie sind mir allemal lieb und werth. Ich mach' keine Komplimente; ich sprech, wie ich's auf dem Herzen habe. Empfehle mich allerseits. (ab)

Vier-

Vierter Auftritt.

Vorige. Ohne Blume.

Wiendal. Du mußt ihn doch zu Zeiten besuchen, Gustav. Er ist dein Onkel und ein vernünftiger Mann, von dem du schon etwas lernen kannst.

Gustav. Das weis ich wohl; wir vertragen uns nur nicht recht gut zusammen. Er ist mir im Disputiren überlegen; und wenn ich auch zu Zeiten Recht habe, so läßt er mir's doch nicht.

Mad. Ellrich. Du magst wohl selten Recht haben.

Gustav. Selten — aber doch zu Zeiten. Dann spricht er aber so schnell und so laut — da ärgere ich mich und schweige still.

Wiendal. Du wirst also um eilf Uhr beym Oberhofmarschall seyn?

Gustav. Ja, ja!   (will fort)

Wiendal. Wo willst du hin?

Gustav. Ausreiten.

Wiendal. Ohne Abschied?

Gustav. Ich mach' mich nur zurecht. Ich komme noch einmal herein, ehe ich wegreite.

(ab)

Fünfter Auftritt.

Wiendal. Mad. Ellrich.

Mad. Ellrich. Also Gustav soll wieder die Stelle haben? und Albert wieder nichts? Das nenn' ich doch Billigkeit!

Wiendal. Schwester, Gustav ist älter — und muß also zuerst versorgt werden; dann — habe ich Gustav als Kind angenommen; folglich liegt er mir näher.

Mad. Ellrich. Ja, du wirst auch viel Freude an dem Kinde erleben!

Wiendal. Zweifelst du?

Mad. Ellrich. Sehr gewiß!

Wiendal. Du sagst das so oft? Schwester, laß uns einmal recht vertraut zusammen reden: Sag', durch welchen unbegreiflichen Umweg der Natur bin ich genöthigt, dein eignes Kind gegen seine Mutter zu schützen?

Mad. Ellrich. Herr Bruder! (macht eine höhnische Verbeugung und will gehen)

Wiendal. Bleib, Schwester, der Stoff ist ja so wichtig!

Mad. Ellrich. Dann muß ich bitten, daß der Herr Bruder sich ein wenig gemäßigter ausdrücken.

Wiendal. Bleib nicht an Worten hängen. Gründe! Gründe gegen Gründe!

Mad.

Mad. Ellrich. Nun dann! Ich bin Gustavs Mutter; ich liebe ihn als Mutter; aber es thut mir weh, wenn ich so sehen muß, daß du alle deine Liebe so ganz an diesen Sohn verschwendest, der sie so wenig verdient.

Wienda!. Beweise, Schwester!

Mad. Ellrich. Er ist zu allen Ausschweifungen geneigt, die ihn mit der Zeit ins Verderben stürzen können. Er trinkt, spielt, macht ehrbaren Frauenzimmern Sottisen, und bewahrt seine Zärtlichkeit für — Andere! Dieß sind meine Beweise.

Wienda!. Aber — er hat ein reines, gefühlvolles Herz. Er ist wild und unbesonnen; sein Gefühl für Tugend und Kindesliebe ist stärker. Er kann Handlungen begehen, die mich betrüben; aber — es wird ihn bitter schmerzen, mich betrübt zu haben, sobald er zu sich kömmt. Ich könnt' ihn gewaltsam entfernen; und er würde mit Sehnsucht und Zärtlichkeit an mich denken. Nein, ich hasse Strenge, sie macht sklavische Seelen! So lange ich Gustavs Herz besitze, bin ich gewiß, meinen Zweck im Großen doch nicht zu verfehlen. Kleinigkeiten weis ich zu übersehen.

Mad. Ellrich. Aber muß er denn die Wildheit behalten? könnte er nicht eben aus Liebe zu dir sanfter, folgsamer und gesitteter werden?

Wiendal. Er wird's werden, Schwester! er soll und wird's werden. Stör' mich nicht auf meinem Wege. Nenne meine Gelindigkeit, Schwäche, oder was du willst; noch fand ich nicht Ursache, sie zu bereuen. · Du hast deinen Albert; den wolltest du für dich erziehen; es war dein Wille; er ist und bleibt ein Schwächling. Gustav — gabst du in meine Hände; ich will ihn bilden zum brauchbaren, thätigen Menschen; und durch den Besitz seines Herzens will ich auch sein Betragen bessern.

Mad. Ellrich. Ja, so lange du ihn mit Wohlthaten überhäufst!

Wiendal. (empfindlich) Nur so lange?

Mad. Ellrich. Zuverläßig! Ich sag' dir, Bruder, er hat einen Leichtsinn, einen Grad Wildheit, der über alle Grenzen geht. Es ist mir lieb, daß du ihn so spät auf die Universität schicken willst. Und doch zittre ich, wenn er nicht anders wird! Und was du vom Besitz seines Herzens sagst? Albert liebt dich zehnmal mehr, das weis ich; denn — Gustav? Entzieh' ihm einmal eine Zeitlang deine Wohlthaten; du sollst sehen, wie wenig er nach dir fragen wird.

Wiendal. (sehr ernst) Schwester! Schwester! fühlst du auch wohl, in welche traurige Lage du mich setzest? Eins muß ich aufgeben; die Liebe zu dir, oder die Liebe zu meinem Liebling.

Mad. Ellrich. (getroffen.) Warum das?

Wiendal. Wär' Gustav so fühllos, so undankbar, wie du ihn schilderst, so wär' er meiner Liebe unwerth. Ist er's aber nicht, (mit starkem Accent) dann muß ich die Mutter verachten,

achten, die ihr eignes Kind verläumdet! — und — wenn diese Mutter meine eigene Schwester wäre. — Hast du noch Gründe?

Mad. Ulrich. (war betroffen, erholt sich aber schnell und dreist, mit immer steigendem Affekt) Es ist nicht Verläumdung! es ist Wahrheit! Es ist ein böser, frecher, wilder Bube. Du siehst es nicht; aber ich sehe es. Sein Lehrer, sein Onkel — er mag dir nur nicht widersprechen — er hat zu viel Manier — aber, Alles sieht! Niemand ist blind für Gustavs Fehler, als du, du allein! Verzeih mir, Bruder! ich hab' dir Vaterrechte übergeben; aber er bleibt mein Sohn! und es thut mir weh, zu sehen, daß er durch falsche Erziehung seinem Verderben zurennt.

Wiendal. (nach einer kurzen Zeit) Itzt bist du wohl zu Ende? Gut! Nun will ich dir auch sagen, was ich sehe. Ich sehe in Gustav einen jungen Stamm mit herrlichen Säften und viel wilden Auswüchsen. Ich sehe, daß meine Schwester ihrem jüngern Sohne, einem faden, trägen Muttersöhnchen, ganz ergeben ist. Ich sehe, daß mein Herr Schwager dieß Söhnchen sich zum Schwiegersohn aufziehen will, um einen würdigen Pendant zu seinem ältesten, stupiden Töchterchen zu haben. Ich sehe — daß ein Complott mich umspinnen will, um meine Glücksgüter, auf Kosten des guten Gustavs, dem Schwachkopf zuzuschanzen! — und — (mit sehr starkem

starkem Ausdruck) dieß Complott will ich zerstören, so wahr mir Gott mein Herz erhalten wolle! (geht heftig auf und ab)

Mad. Ellrich. (sehr furchtsam) Ey, mein Gott! wenn du so heftig seyn willst —

Wiendal. Genug! was ich dir sage, sage ich nicht Gustav. Ich werde über ihn wachen; ich werde sogar streng seyn, sobald ich es für nöthig halte. Aber — finde ich, daß das Complott ihm Schlingen legt, um ihn hineinstürzen zu machen: so reiß ich mich —

Mad. Ellrich. (weinend) Nein, das ist zu arg! Schlingen? — so etwas von der Mutter zu vermuthen? —

Wiendal. Verzeih mir, Schwester; hier meynte ich dich nicht mit. — (Pause) Der Affekt riß mich fort! Vielleicht giengen wir Beyde zu weit! Ich bitte dich, Schwester, verzeih mir! (sie will gehen; er ruft ihr nach, sanft) Bist du noch beleidigt?

Mad. Ellrich. (wendet sich) Es war ziemlich arg! (nochmals im Begriff zu gehen)

Wiendal. (ein paar Schritte nach) Schwester! — sey Mutter deiner Söhne; ich will ihr Vater seyn. (er umarmt sie, und sie geht ab)

Sechs-

Sechster Auftritt.

Wiendal. (allein)

(Er geht ein wenig; dann klingelt er. Ein Bedienter kommt.)

Der Herr Hofmeister! (Bedienter ab. Im Auf- und Abgehen) Ich war wirklich zu heftig! — hm! — hm! wie fehlerhaft ist doch die Natur des Menschen! Muß uns Heftigkeit immer die gute Sache verderben!

Siebenter Auftritt.

Wiendal. Hülsen.

Wiendal. Herr Hülsen, ich habe in einer wichtigen Angelegenheit mit ihnen zu sprechen. Es betrifft unsern Gustav. Sie sind ein Mann von Kenntnissen. Wie sind sie mit ihm zufrieden?

Hülsen. Mein Herr Regierungsrath. —

Wiendal. Ohne Intrate; nur bestimmt! Was halten sie von ihm?

Hülsen. Ey nun, ich halte ihn für einen guten, fähigen Kopf; — aber leider — —

Wiendal. Was?

Hülsen. Ein wenig mehr allgemeiner Fleiß wäre zu wünschen. Er wendet solchen nur auf die Wissenschaften, welche ihm selbst Vergnügen machen,

machen; für alle andern hat er nicht die geringste Aufmerksamkeit.

Wiendal. Welche machen ihm das mehrste Vergnügen?

Hülsen. Physik, Statistik, Geographie u. s. w. vor allem hat er einen erschrecklichen Hang zur Geschichte.

Wiendal. Der schreckliche Hang schreckt mich nicht.

Hülsen. Aber — erlauben sie — er versäumt darüber ernstere und nützlichere Wissenschaften.

Wiendal. Das sind?

Hülsen. Geometrica, Arithmedica, Metaphysica und Jus Canonicum.

Wiendal. Es thut mir leid, daß ihm diese Wissenschaften zuwider sind, ob ich gleich den Grund sehr leicht finden kann.

Hülsen. Erlauben sie, daß ich fragen darf?

Wiendal. Weil ein lebhaftes Temperament sich schwer an die sogenannten trocknen Wissenschaften gewöhnt.

Hülsen. Der junge Herr Albert studirt doch diese sehr fleißig.

Wiendal. Sehr natürlich! Ein langsamer Kopf wählt die Wissenschaften, welche durch Fleiß und Nachdenken erlernt werden. Ein lebhaftes Genie hingegen sucht den Empfindungen und der Einbildungskraft zu schmeicheln. Die Wissenschaften zerfallen in diesen beyden Hauptabtheilungen.

Beyde

Beyde zusammen erlernen, vermögen wenig Menschen. Aber beyde sind dem Staate nöthig, und keine Gattung darf sich über die andere erheben.

Hülsen. Also meynen der Herr Regierungsrath?

Wiendal. Lassen sie Jeden das lernen, wozu er am mehresten Lust hat. Ich schätze Alberts Fleiß, und liebe Gustavs Genie; und hoffe aus Beyden dem Staat brauchbare Männer erwachsen zu sehen. Die Zeit rückt heran, wo ich mich von den jungen Leuten trennen muß. Ich vertraue sie ihrer Führung auf der Akademie. Seyn sie ja wachsam, Herr Hofmeister!

Hülsen. Das bin ich.

Wiendal. Was den Kopf betrifft, wären wir also einig? Wie steht's mit dem Betragen?

Hülsen. Da, erlauben der Herr Regierungsrath, habe ich alle mögliche Ursache, mit Herrn Gustav unzufrieden zu seyn.

Wiendal. (lächelnd) Ey, Herr Hülsen, das ist viel Ursache! Erklären sie sich.

Hülsen. Er ist unachtsam, ungestüm, jähzornig, stichelnd — und sogar brutal, wenn ihm etwas verwiesen wird; auch zuweilen etwas boshaft.

Wiendal. Sie erschrecken mich, Herr Hülsen! So viel schlimme Eigenschaften erwartete ich in Gustav nicht. Beyspiele, Herr Hofmeister!

Hülsen. (weit ausholend) Zum Exempel: Neulich hat er einen armen Candidatum

Theo-

Theologiae glauben gemacht, daß er blind gewor=
den sey; der ist fast krank geworden vor Schre=
cken.

Wiendal. Da gehört ein starker Glaube da=
zu! wie ist das möglich?

Hülsen. Sie spielten und tranken zur Nacht=
zeit. Der Candidatus gieng ein wenig bey Seite,
und mittlerweile machte Herr Gustav den boshaf=
ten Plan. Sie löschten die Lichter aus, und stell=
ten sich, als spielten sie fort — und tränken
fort — und wie Jener sich wunderte, wie sie im
Dunkeln spielen könnten, so stellten sich die jun=
gen Bösewichte so erschrocken, daß Jener im Ern=
ste sich einbildete, er sey blind geworden.

Wiendal. Das ist nur Muthwille, nicht
Bosheit; doch ist's auch nicht recht. Man muß
ihm dergleichen abzugewöhnen suchen.

Hülsen. Das ist vergebens er ist zu wild,
zu brausend; und hat eine solche Gabe zu spotten,
daß es fast nicht zu ertragen ist.

Wiendal. Das ist unglücklich! Hier müssen
wir Ernst anwenden. Lassen sie uns gemeinschaft=
lich handeln, Herr Hofmeister, um Gustav von
den Fehlern zu reinigen, welche seine guten Na=
turgaben entstellen.

Hülsen. Ich habe mir bereits alle Mühe ge=
geben —

Wiendal. Vielleicht haben sie die Mittel
verwechselt. Erziehung ist Studium! Das wer=
den oft die treflichsten Männer, die in ihren Ju=
gend=

gendjahren am wildesten brausten. Gustav hat Ehrgeiz.

Hülsen. O, öfters zu viel!

Wiendal. Sie wollen sagen, oft am unrechten Orte — zu viel Ehrgeiz kann man nicht leicht haben.

Achter Auftritt.

Vorige. Gustav.

Wiendal. Komm her, mein Sohn, ich höre Klagen über dich; große, schwere, allgemeine Klagen! Es ist mir leid — so etwas von dir zu hören!

Gustav. (wirft einen spottenden Blick auf Hülsen) Ein großer Mann, große Klagen! Mein Herr Hofmeister vergleicht meine Fehler mit seinen Vollkommenheiten — Da freylich!

Wiendal. Gustav! das war bitter — und sollte beleidigen. Was soll ich von dir glauben, da du sogar meine Gegenwart nicht scheuest? Ich höre überhaupt viel von deinem Hange zu Muthwillen und Spott. Das ist eine gefährliche Eigenschaft.

Gustav. Wie so? gefährlich?

Wiendal. Weil den Menschen nichts weher thut, als verspottet zu werden; weil sie lieber Laster bekannt, als Schwächen aufgedeckt wissen wollen. Weil es also schwarzen Schatten auf deinen Charakter wirft.

Gustav. Mein Herz und Charakter werden deßwegen nicht schlechter.

C   Wien=

Wiendal. Sie werden's nicht; aber sie scheinen's. Traue meiner Erfahrung, Gustav. Entsage jenem schädlichen Talent, dessen Schmeichelname Witz heißt; du wirst dann weniger glänzen und mehr geliebt seyn.

Hülsen. Gehorchen sie ja ihrem Herrn Pflegvater! er meynt es zu ihrem Besten.

Gustav. (mit Jronie) Meynen sie, daß ich daran zweifelte?

Hülf. Das eben nicht; aber ist es immer gut —

Gustav. (schnell ins Wort) An ein gut Gerichte eine schlechte Brühe zu machen.

Wiendal. (ernst) Gustav! (Gustav wendet sich zu ihm) Der Ton ziemt dir nicht gegen deinen Lehrer.

Hülf. Sie sehen selbst, Herr Regierungsrath—

Wiendal. Ich sehe selbst! (streng) Gustav, ich fordere von dir, daß du gegen Herrn Hülsen gleiche Ehrerbietung hegst, als gegen mich; verstehst du mich? (Gustav sieht beschämt nieder) Jtzt geh, und komm bald zurück! (Gustav küßt ihm die Hand, und geht ab)

Neunter Auftritt.

Wiendal. Hülsen.

Wiendal. Nun noch zwey Worte, Herr Hülsen. Ich sah es nicht gern, daß sie mich vorhin wiederholten.

Hülsen. Es war doch nichts Schlimmes.

Wien.

Wiendal. Aber überflüßig, mein lieber Herr Hülsen. Es thut mir leid, daß dieß Gustav bemerkte. Ich empfehle ihnen genaue Achtsamkeit in ihrer Lehrart. Vermeiden sie alles Unnöthige, sowohl in Wissenschaften als in Lebensregeln. Suchen sie sich Achtung und Liebe zu erwerben.

Hülsen. Mein Herr Regierungsrath, glauben sie nicht, daß ich darinn etwas versäume. Es liegt nicht an mir, wenn der junge Herr Abneigung hat. Bey Albert besitze ich Achtung und Liebe — aber bey Gustav ist durchaus eine gewiße Schärfe nöthig.

Wiendal. Das werde ich sehr ungern erleben! Schärfe ist eine Instanz, an welche die Erzieher ganz zuletzt appelliren müssen. Sie sagten vorhin, Gustav hat Ehrgeiz? Ein Ehrgeiziger, Herr Hülsen, erträgt keine Schärfe.

Hülsen. Aber um's Himmels willen! wenn nun alle andere Mittel erschöpft sind?

Wiendal. (empfindlich, doch mit Lächeln) Ey, Herr Hülsen, das hoff' ich ja nicht. Thun sie mirs's zu Gefallen, und sinnen sie noch ein wenig auf gelinde Mittel; Sie finden gewiß noch welche!

Hülsen. Glauben der Herr Regierungsrath nicht, daß ich ohne Ueberlegung handle. Ich habe mir ein System gemacht. Es giebt viererley Temperamente — und für jedes habe ich eine aparte Methode.

Wiendal. (mit Lächeln) Itzt kommen wir einander näher. Sehen sie, Herr Hülsen, es giebt auch vier Haupt-Winde; aber — ein guter Steuermann muß doch zwey und dreyßig Unterabtheilungen genau verstehen, — sonst — ist er kein guter Steuermann! Sie wissen, was ich damit sagen will. Ich muß nun an meine Geschäfte. (Hülsen steht betroffen da. Wiensdal fährt fort, indem er ihn freundlich auf die Achsel klopft) Nicht wahr, sie machen mir die Freude, ihren Compaß zu erweitern? (geht ab)

Zehnter Auftritt.

Hülsen (allein, sehr aufgebracht)

So! das muß ich mir sagen lassen! ein Mann von meiner Gelehrsamkeit! — Meine Kenntnisse der Menschen, der Temperamente, mit Wind zu vergleichen? Der alte Narr mit seiner Affenliebe! Hm! hm! das laß ich nicht auf mir sitzen! Das muß gerochen werden! Wart', junger Wildfang, ich will dir schon einheizen! Und sie, mein hochwohlgelahrter Herr Regierungsrath, ich will ihnen schon zeigen, ob ich nicht ein guter Steuermann bin! Sie sollen Wind genug — Sturmwind, Sturmwind sollen sie haben. (in Wuth ab)

Zwey=

Zweyter Aufzug.

(Mittags zwölf Uhr. Das vorige Zimmer.)

Erster Auftritt.
Mad. Ellrich. Hülsen.

Mad. Ellrich.

Sie sprachen also noch lange mit meinem Bruder?

Hülsen. Ziemlich lange.

Mad. Ellrich. Und meist von Gustav?

Hülsen. Immer von Gustav.

Mad. Ellrich. Sie haben doch offenherzig gesagt, was sie denken?

Hülsen. Leider, Frau Räthinn!

Mad. Ellrich. Wie so?

Hülsen. Es schien dem Herrn Bruder nicht allerdings zu behagen, daß ich von Gustav im Tone des Tadels sprach.

Mad. Ellrich. Das kann ich mir einbilden. Was meynte denn der Herr Bruder?

Hülsen. Er scheint alles für Verirrungen des Temperaments zu halten.

Mad. Ellrich. Bosheiten sind's! Er ist von Grund aus verdorben. Das kommt von der schönen, sanftmüthigen Zucht meines Herrn Bruders. Sie hätten ihm Beweise vorlegen sollen.

Hül-

Hülsen. Das that ich; aber er wußte alles zu entschuldigen. Was wollen sie mehr? Ich beklagte mich über seinen Hang zum Spott; der junge Herr kam dazu, begieng (mit *Eifer*) auf der Stelle ein Paar Insolenzen gegen mich. Was meynen sie?

Mad. Ellrich. Er ließ das hingehen?

Hülsen. Er begnügte sich mit einem leichten, sanften Verweise, der schlimmer war, als gar keiner.

Mad. Ellrich. Abscheulich! Ja, Spott! Spott, Ungezogenheit und Grobheit, das sind seine Tugenden! Mit genauer Noth erhalte ich noch den schuldigen Respect. Er ist so ganz das Gegentheil von seinem gutartigen, bescheidenen Bruder! — Ja, den hab ich aber auch erzogen! Der ist so sanft, so zuvorkommend gegen Jedermann. Der arme Junge! Wenn ich bedenke, daß der sich einmal wird kümmerlich behelfen müssen; indeß sein lüderlicher Bruder schwelgt und praßt. (*für Wuth weinend*) Das Herz möchte mir zerspringen!

Hülsen. Es ist entsetzlich, wie man so verblendet seyn kann. Der edle Albert ist der Fleiß und die Sanftmuth selbst! und Gustav, der wird immer noch in seinen Bosheiten bestärkt. Aber dieß ist alles nur Widerspruchsgeist von ihrem Herrn Bruder, und — auch wohl ein wenig Eifersucht, weil — der Frau Räthinn Erziehungssystem so ungleich reifere Früchte gebracht hat.

Mad.

Mad. Ellrich. Nicht wahr, mein lieber Herr Hülsen, meine Erziehung ist die wahre? Meinen Albert habe ich von Kindheit auf gewöhnt, alles zu thun, was man verlangt; durchaus keinen Willen zu haben. Und sie sehen selbst, wie gut er mir gerathen ist!

Hülsen. Freylich sehe ich das. Wollte der Himmel, dero Herr Bruder sähen es auch!

Mad. Ellrich. Er will nicht. Er will nicht. Er hat erst gestern wieder ein Gut gekauft, und es „Gustavs Dank" genannt! Beweißt das nicht klar, daß er's wieder dem — Esau — zugedacht hat! — Ich wünsche Gustav nichts Böses; er ist auch mein Kind: aber daß mein Bruder meinen guten Albert mit einem mittelmäßigen Erbtheil abspeisen will, und den größten Theil seines Vermögens dem Buben zuschanzt — das — Herr Hülsen, (weinend) das überleb' ich nicht!

Hülsen. Seyn sie ruhig, theuerste Frau Räthinn! das giebt sich noch. Gustav wird sicher auf seines Herrn Pflegvaters Nachsicht losstürmen; er wird ein Crimen nach dem andern begehen, und dann ändert sich alles mit einemmale.

Mad. Ellrich. (getröstet) Das ist auch meine einzige Hoffnung, lieber Herr Hülsen! Schonen sie nur nicht. Hinterbringen sie nur alles meinem Bruder, alles, was er begeht; und rechnen sie auf meine Unterstützung!

Zweyter Auftritt.

Vorige. Wiendal.

Mad. Ellrich. Still, er kömmt! (Wiendal tritt ernst und finster herein, legt, ohne ein Wort zu reden, Stock und Hut ab. Sie sieht ihm nach. Nach einer Pause:) Wo warst du, Bruder? (Wiendal schweigt) Du bist verdrüßlich? (Wiendal schweigt) Was ist dir, lieber Bruder?

Wiendal. (ernsthaft) Nichts.

Mad. Ellrich (giebt Hülsen einen Wink. Hülsen ab.)

Dritter Auftritt

Wiendal. Mad. Ellrich.

Mad. Ellrich. Sprich doch, was ist dir begegnet?

Wiendal. Schwester, wenn ich gern spräche, so hätt' ich wohl schon gesprochen.

Mad. Ellrich. Nun, verzeih mir! Es muß doch etwas sehr Wichtiges seyn, das dich so zerstört aussehen macht.

Wiendal. Warum denn just sehr wichtig? es braucht ja nur unangenehm zu seyn.

Mad. Ellrich. Unangenehm? Wer hat dir denn etwas Unangenehmes zugefügt?

Wiendal. (halb unwillig) Ich muß also durchaus! Ich komme vom Oberhofmarschall; Gustav hat ihn warten lassen, war in der Zeit —

wer

wer weiß, wo? — und mein Plan schlug fehl, und — Gott weiß, wie viele noch!

Mad. Ellrich. Das hab' ich mir gleich eingebildet!

Wiendal. Hast du? In der That, ich nicht. Ich erwartete das Gegentheil.

Mad. Ellrich. O, du wirst noch oft das Gegentheil von dem erfahren, was du erwartetest; besonders, wenn Gustav im Spiel ist!

Wiendal. Das ist wieder eine liebreiche Prophezeyung! Du verstehst dich doch recht außerordentlich darauf, einen trüben Humor wegzuscheuchen!

Mad. Ellrich. Ich kann nicht ungeschehen machen, was geschehen ist.

Wiendal. (mit unterdrücktem Unwillen) Nein, Schwester, das kannst du nicht.

Mad. Ellrich. Nun, was wird denn also daraus?

Wiendal. Natürlich bekommt Gustav die Stelle nicht.

Mad. Ellrich. Wer denn?

Wiendal. Wer sie besser verdient. Ist Gustav noch nicht zu Hause?

Mad. Ellrich. Vor Kurzem noch nicht. Höre, Bruder, da doch einmal Gustav die Stelle nicht —

Wiendal. Wenn ihm nur nichts begegnet ist!

Mad. Ellrich. Ach, was soll ihm begegnet seyn! Höre! — Du stehst ja so gut beym Ober —

Wiendal. (besorgt) Er war zu Pferde, man kann Unglück haben.

Vierter Auftritt.

Vorige. Blume. Dann ein Bedienter.

(Wiendal geht nach der Thüre, indem tritt Blume ein)

Blume. (eilig und verstört.) Haben sie schon gehört — ah! Ihr Diener, Frau Schwester. Mit ihrer Erlaubniß! (geht hinaus)

Wiendal. Was bedeutet das?

Mad. Ellrich. Das begreif' ich nicht. Ich will doch sehen — (will hinaus)

Blume. (kommt herein) Ich bitte tausendmal um Verzeyhung!

Mad. Ellrich. Warum giengen sie denn so plötzlich hinaus?

Blume. Ich bath um ein Glas Wasser. (wichtig) Ich dachte nur den Herrn Bruder zu finden — (zu ihr) Lassen sie uns doch ein wenig allein.

Mad. Ellrich. (befremdet) Was giebt's denn? Was haben sie denn?

Blume. Erschrecken sie nur nicht! Es kann noch Alles gut werden.

Wiendal. O, meine Besorgniß war gegründet! Betrifft es Gustav?

Blume. Eben den.

Wiendal. Ist er todt?

Blume. Hm! nein — aber — (der Bediente bringt ein Glaß Wasser)

Wiendal. Gott sey Dank! weniger ließen sie mich nicht fürchten.

Mad.

Mad. Ellrich. Herr Gott! Sie thun so feyerlich; sagen sie doch, was es ist.

Blume. (hat indeß getrunken) So, Es hat mich stark ergriffen! durch Mark und Bein! Erschrecken sie nicht! — Gustav —

Wiendal. (heftig und ängstlich) Nun!

Blume. Ist in Spielgesellschaft gerathen, — hat Händel bekommen, und seinen Gegner — tödtlich verwundet!

Wiendal. O mein Gott!

Mad. Ellrich. Was sagen sie? mein Sohn! einen Menschen erstochen! ich unglückliche Mutter!

Blume. Fassen sie sich — todt ist er nicht völlig — und wenn er nur noch vierzehn Tage überlebt —

Wiendal. So ist mein Sohn doch Mörder! Das ist mehr, als todt — Allgütiger, gieb mir Fassung! — Herr, sie haben mir eine schlimme Nachricht gebracht!

Blume. Es thut mir von Herzen leid! so wahr ich ehrlich —

Wiendal. Betheuren sie nicht! Weh ihnen, wenn sie das zu betheuern brauchen! — Wer ist der Unglückliche?

Blume. Der junge von Elwing.

Mad. Ellrich. Entsetzlich! Der Sohn des Präsidenten?

Wiendal. Was Präsident? Es ist ein Mensch — Sohn eines trefflichen Mannes! und

mein

mein unglücklicher Sohn sein Mörder! — wo ist Gustav?

Blume. Er soll arretirt seyn —

Wiendal. (schnell) Nun ja —

Blume. (fortfahrend) Wie ich es hörte, eilte ich, was ich konnte, um es ihnen so gut als möglich beyzubringen.

Wiendal. Ja, sie haben mir's gut beygebracht! Ich fühle so etwas! Mörder! mein Gustav! Mörder — an dem Sohne des würdigsten Mannes! — Armer Vater! was wirst du gelitten haben, als man dir den blutenden Jüngling entgegen trug! Mußt' ich das erleben? O Gustav! ist das die Freude meines grauen Alters?

Mad. Ellrich. (weinend) Ich unglückliche Mutter!

Blume. Fassen sie sich, Frau Schwester!

Wiendal. Lassen sie sie weinen! Thränen erleichtern das gepreßte Mutterherz. Die Mutter darf wohl trauren um den gefallenen Sohn! — O — um einen so hoffnungsvollen Sohn! — Es ist kein kleiner Verlurst! In seinem Herzen lag nicht der Samen zum Morden! nein, beym Allmächtigen! nicht in seinem Herzen! aber weh! weh seinem feurigen, jugendlichen Blut! Kraft lag in ihm — Kraft für große und gute Handlungen! Ich pflegte ihrer; ich wollt' ihn tugendhaft bilden — um der Menschheit zu nützen! — und nun —! Das Schwert des Scharfrichters fällt in meine Hoffnungen! — Komm, unglückliche

liebe Mutter! hilf mir deinen Sohn — beweinen. (stürzt ihr mit Thränen um den Hals)

Mad. Ulrich. (weinend) Ja, weine nur! es ist zu spät! Du haſt ihn erzogen —

Wiendal. (außer ſich) Zum Mörder nicht) — nicht zum Mörder! Weib, du folterſt mein zerriſſenes Herz! Weh mir, daß ich noch leben muß, um meinen Guſtav unter Henkershänden ſterben zu ſehen! Doch — Du biſt ja ſeine Mutter! Du haſt ihn gebohren — Du litteſt den erſten Schmerzt um den Jüngling — vergib mir! vergieb mir! ja, ich habe Schuld! (wirft ſich in Verzweiflung vor ihr nieder) Sieh, ich klage mich ſelbſt an, wenn dir das Troſt iſt! Vergieb mir meine Liebe zu ihm! verfluche meine Sanftmuth! Ich hätte jede Kraft in ihm erſticken ſollen; den Keim zum Guten und Böſen! itzt ſtänd er hier ohne Leidenſchaft — ohne Laſter! ein gezähmtes Thier ohne Willen und Vermögen — aber auch ohne Vermögen, einen Mord zu begehen! (wie er niederfällt, verſuchen die Andern, ihn aufzuheben. Bey der letzten Rede erhebt er ſich.)

Blume. Sie ſind außer ſich, lieber Herr Bruder. Schonen ſie ſich. Wer weis, kommt Jener davon! Die Natur thut viel bey jungen Leuten.

Wiendal. (dumpf) O nein! Sie ſagten ja tödlich? ſagten ſie nicht, tödtlich ſey die Wunde? Mein Sohn liegt ſchon in Ketten. Laſſen ſie mich, ich

ich bin Mann — kann leiden und tragen! Trösten sie hier die arme Mutter! — ich gehe — zum Vater des Entleibten, und bringe ihm zwey Leben zum Opfer für den Sohn. Dann — eil' ich ins Gefängniß zu meinem unglücklichen Gustav, weine noch einmal an seiner Brust — gebe ihm meinen letzten Segen! — und dann — dann will ich auch nicht eher wieder weinen — als auf seinem Leichnam. (will ab. In der Thüre begegnet ihm ein Bedienter mit einem Billet)

Bedienter. Vom Herrn Regierungspräsidenten. (ab)

Wiendal. (nimmt zitternd das Billet — will es öffnen — hält inne) O Gott! Vaterthränen oder Fluch über mich! Wohlan! (erbricht es — liest anfangs zitternd und gepreßt — Die Empfindung wechselt mit dem Inhalt.)

Mein würdiger Herr Rath.

Es hat sich heute ein Vorfall ereignet, welcher uns Beyde zu gleicher Zeit betrüben muß. Ihr Pflegsohn und mein Sohn haben sich thätlich entzweyt — der meinige ist bestraft! Ich mag nicht einen Augenblick verziehen, um sie, mein würdiger Herr Rath, aus einer Besorgniß zu reißen, welche ihrem weichen Herze sehr nachtheilig seyn könnte. Die Wunde ist unbedeutend. (Hier sieht Wiendal innig dankend

zum

zum Himmel. Die Andern in ihren Charakteren angemessener Bewegung) Mein Sohn war der Beleidiger; die Strafe hat er verdient. Ich bin von allem unterrichtet und hoffe, es soll ihm dieses zur Warnung dienen, seinen Stand nicht mehr zum Schild des Uebermuths zu mißbrauchen. Seine Geburt gab ihm keinesweges das Recht, ihren Sohn zu beleidigen; sie sind Beyde Menschen; und der Edelmann vernichtet die Vorrechte seines Ranges, wenn er sich nicht zugleich bemühet, der edlere Mann zu seyn. Ich werde Sorge tragen, mein würdiger Herr Rath, daß die ganze Sache unterdrückt werde; um ihrer Ruhe und meiner Ehre willen! Nehmen sie zum Schluß noch die Versicherung von mir, daß dieser Vorgang auf keine Weise im Stande ist, die Wärme und Hochachtung zu verringern, mit welcher ich bin,

Mein würdiger Herr Rath,

Ihr

Ergebenster
von Elwing.

(Er läßt das Blatt fallen — dann faltet er die Hände)

Gelobt sey Gott!

Mad. Ellrich. Ja wohl! ja wohl!

Blume. Ah! nun das freut mich ja recht sehr!

Wien-

Wiendal (mit anfangender — dann immer wachsender Freude) Also kein Mörder! kein Mörder! Schwester, unser Gustav ist kein Mörder!

Mad. Elrich. Das noch nicht. Aber (zänkisch) ein wilder, gottloser, abscheulicher Bube, der uns —

Wiendal. (unterbrechend) Schwester, nicht das! nur itzt noch nicht! Laß mich nur erst die Freude genießen, daß ich meinen Sohn wieder habe! Freu' dich, Mutter, daß dein Sohn nicht auf dem Blutgerüste stirbt. Freu' dich, Mutter!

Mad. Elrich. Nun ja doch: ich freue mich auch. Aber wie leicht hätte können —

Wiendal. (schnell) Du hast recht, Schwester! es hätte können — ich will dir ja einräumen, was hätte können — hilf mir nur zuvor dem Himmel danken für das, was ist! Erhaltung! — O — es hätte Trauer uns treffen können, für die auf Erden kein Trost mehr war! Allgütiger! wenn ich so — einst an einem Frühlingsabend, durch Kummer in Gedanken versenkt, vor das obere Thor gegangen wäre — und auf einmal hätte vor mir gestanden, das Gerüst — das Gerüst! auf welchem das Blut meines Gustavs — (schaudernd) schrecklich! — Er lebt ja! ist er denn noch nicht da? Schwester, sieh doch zu, ob er noch nicht da ist!

Blu-

Blume. Nun sehen sie, lieber Herr Bruder, daß es nicht so schlimm war.

Wiendal. (etwas bitter) Als sie es malten? Ja — sie wissen gut vorzubereiten. Doch dank ich ihnen! — wirklich — ich danke ihnen von Herzen! Ohne sie wüßte ich itzt nur die That, wie sie war; sie ließen mich empfindlich fühlen, was sie hätte werden können! — Bleiben sie hier — helfen sie uns ein häusliches Dankfest feyern, daß uns Gott unsern Sohn erhalten hat.

Blume. (verlegen) Sie müssen mich nicht mißdeuten. —

Wiendal. (fortfahrend) Bewahre! wer könnte das? Sie sind Menschenkenner. Sie wissen, wie die Extremen von Schmerz und Freude sich gleichen. Sie stürzten mich tief, recht tief! weil sie gewiß wußten, daß (hebt den Brief auf) dieser edle Mann bald — recht hoch mich erheben würde! Nicht? (Blume schweigt) Ihre Hand. (Blume giebt sie) Ich weiß, sie freuen sich doch, daß Gustav kein Mörder war.

Blume. Wie nehmen sie das nun wieder?

Mad. Ellrich. Deßwegen ist er doch strafbar!

Wiendal. Das ist er! auch soll ers fühlen! und wird es fühlen. Schwester, ich bitte dich, sieh zu, ob er da ist, und schicke ihn zu mir. (Mad. Ellrich geht ab)

D Fünf-

Fünfter Auftritt.

Blume. Wiendal.

Blume. Es ist abscheulich, wie die Leute gleich alles übertreiben!

Wiendal. Ja wohl.

Blume. Das heißt — in — den Umständen.

Wiendal. Es ist gut, daß sie itzt alle boshaften Schwätzer durch die Wahrheit widerlegen können.

Blume. Das will ich gewiß. Es ärgert mich so — sie waren sehr erschrocken?

Wiendal. Ach ja!

Blume. Sie haben doch deßwegen keinen Groll auf mich?

Wiendal. Ey, wer wird grollen?

Blume. Nun — und der arme Gustav? der würds nun entgelten müssen?

Wiendal. Was entgelten?

Blume. Den Verdruß! Ich wollte, wer weis, was darum geben, daß ich nichts gesagt hätte!

Wiendal. Weswegen?

Blume. Weil ich Ursache bin, daß sie nun dem armen Teufel strenger begegnen werden.

Wiendal. Machen sie sich deßhalb keine Vorwürfe.

Blume. Ja, ja ich weis das. — Sprechen sie ihn noch nicht!

Wiendal. Warum?

Blume. Nein, thun sie mirs zu Gefallen! noch nicht. Sie sind noch nicht in der rechte Stimmung.

Wiendal. Ich bin in der rechten Stimmung.

Blume. Herr Bruder, ich bitte sie! sehen sie ihm dießmal nach; verfahren sie nicht zu hart! Versprechen sie mir das! ehe gehe ich nicht fort.

Wiendal. (lächelnd) Es ist nicht meine Natur, hart zu seyn. Uebersehen — kann ich es nicht; daß ich aber (ihn scharf ins Auge fassend) Gustav deßwegen nicht verstoßen will, das versprech ich ihnen!

Blume. (außer Fassung) So! nun — das ist brav — nun — ich habe die Ehre, ihnen guten Appetit zu wünschen. (schnell ab)

Sechster Auftritt.

Mad. Ellrich. Wiendal.

Mad. Ellrich. Gustav ist da.

Wiendal. Hast du ihn gesprochen?

Mad. Ellrich. Nein; er hat sich in sein Zimmer verschlossen.

Wiendal. Sag ihm doch, ich wünschte ihn zu sprechen. (Mad. Ellrich ab. Pause —) Eine wichtige Stunde! hier liegt das Schicksal des Jünglings in meiner Hand. Verhärtung?

tung? — Reue? Schöpfer der Natur! nur einen Stral deines Lichts, um den Weg zu finden, der zur Tugend und Besserung leitet!

Siebenter Auftritt.

Gustav. Wiendal.

(Gustav bleibt voll Scham an der Thüre stehen.)

Wiendal. Tritt näher, Gustav. (Gustav tritt hervor. Wiendal sieht ihn an, ohne zu sprechen. Gustav sieht zur Erde) Sonst sahst du mir so schuldlos ins Auge; warum itzt nicht?

Gustav. Ich darf nicht. (wendet sich weg)

Wiendal. Nur das Laster sieht scheu um sich. Sollte mein Gustav lasterhaft seyn?

Gustav. Ich war es.

Wiendal. Dann gehst du mich nichts an! Ich hatte nie Gemeinschaft mit dem Laster. (wendet sich auf die Seite)

Gustav. (heftig ergreiffen) O keine Verachtung, Vater! Zorn und Strafe! nur nicht Verachtung! Vater, die kann ich nicht ertragen. (Kleine Pause. Bittend) Hören sie mich; ich will ihnen meine Schuld bekennen. Ich verdiene ihren ganzen Zorn! hören sie mich, gütigster Vater!

Wien-

Wiendal. Rede. (wendet sich etwas)

Gustav. Ich gieng nicht zum Marschall, weil mich der Onkel gleichgültig gegen die Stelle gemacht hatte. Da fehlte ich schon; denn sie wollten es.

Wiendal. Weiter.

Gustav. Ich ritt nach Weilheim; dort waren mehr junge Leute; wir aßen und tranken; sie wollten die Zeche ausspielen — ich ließ mich bereden — und — (hält inne) Vater was nun kommt, ist schrecklich!

Wiendal. Weiter.

Gustav. Ich vergaß mein ihnen gegebenes Wort. Ich spielte fort. Die Strafe folgte auf der Stelle. Es gab Händel —.—

Wiendal. Wie entstanden sie?

Gustav. Ich verlor —; alles — sogar meine Uhr. Elwing war mir Geld schuldig. Ich erinnerte ihn. Er fragte; „ob ich ihm nicht traute." „Ja, sagte ich; aber itzt brauch' ichs." Da warf er mir das Geld vor die Füsse, und sagte auf eine infamirende Art: „So gehts, wenn man sich mit solchen Schuften wegwirft." Ich verlor alle Besinnung; ich riß einem Andern den Degen weg — ich zwang ihn zur Vertheidigung — und — erlassen sie mir das Uebrige!

Wiendal. (Pause) — Was fühlst du itzt?

Guſtav. Scham und innige Reue.

Wiendal. Mit Recht fühlſt du Scham! Du verübteſt ein Laſter! ein niedriges Laſter! Es hat dir heute bewieſen, dieß Laſter, zu welchen ſchändlichen Stufen es führt; wie es die Grundfeſten göttlicher und menſchlicher Geſetze erſchüttert. Du haſt mir heute über meine ſchönſten Ausſichten einen ſchwarzen Schleyer geworfen! Sieh mich an, Guſtav! — Doch nein; du ſollſt nicht an meinen Zügen ſehen, wie viel ich heute um dich gelitten habe.

Guſtav. O das ſchmerzt mich ſo! ſo unbeſchreiblich! (wild) Hätte doch ſein Degen mir das Herz durchbohrt — ſo wär ich Böſewicht beſtraft für mein Verbrechen!

Wiendal. (ſtreng) Guſtav! — Gott verzeihe dir dieſen Wunſch! Dank ihm für die Friſt, die er dir gab zur Beſſerung! Beßre dich, Guſtav!

Guſtav. Das will ich! O, das will ich gewiß! Sie ſollen ſehen, Vater, wie gut ich nun werden will!

Wiendal. Das wünſch ich! Du haſt mich ſehr gekränkt! Ich habe es nicht um dich verdient, daß du mich ſo kränkteſt! Ich glaubte an deinem Herze eine Feſte zu beſitzen, um von da aus deine Leidenſchaften zu bezwingen. Vergebens! Du verachteteſt meinen Wunſch! Du brachſt dein mir gegebenes Wort, und ſpielteſt! Ohne Gottes beſondern Schutz wärſt du itzt Mörder

der; und ich ſtänd' hier, und zerraufte mein graues Haar um den Mörder, den ich erzogen hatte!

Guſtav. (weinend) Um Gottes willen, ſchonen ſie mich! mein Herz hält es nicht aus! Haben ſie Mitleiden, guter Vater; ich will alles — alles — lieber ertragen, als das Gefühl, ſie gekränkt zu haben.

Wiendal. Dein Auge iſt naß? ich glaube dir. Es wäre ja unnatürlich, wenn dich der Kummer eines alten Mannes nicht rührte, der nur in dir und deiner Liebe den Troſt ſeiner letzten Tage ſucht! Sohn! ſey tugendhaft! erhalte dir die Achtung der Redlichen — die Achtung vor dir ſelbſt. Du ſtraucheltest gefährlich! Noch biſt du nicht ganz gefallen. Eine Quelle von Tugend liegt noch in deinem Herze; ſie rinnt durch deine Augen. Möge ſie nie vertrocknen, dieſe Quelle! — ich verzeihe dir!

Guſtav. (zu ſeinen Füſſen) O Vater, ich verdiene nicht ihre Verzeihung! Jtzt fühl ich immer mehr, wie ſtrafbar ich bin. Strafen ſie mich, Vater, damit ich ſie wieder anſehen darf!

Wiendal. (hebt ihn auf, und umarmt ihn) Hier iſt deine Strafe. Dein Herz iſt dein Fürſprecher, und dieſe Reuezähren auf deinen Wangen. Du gehſt bald auf die Univerſität; die gefährlichſte Klippe für raſche, leidenſchaftliche Jünglinge! Sohn, ſey wachſam! Denke vor jeder Handlung: — würd' ich das auch thun, wenn es mein Vater sähe! Denke an ihn, wenn er auch Tagereisen von dir entfernt ist. (hält plötzlich inne — besinnt sich) Doch — wart — er soll dich doch begleiten, begleiten von heut an. (langt eine goldne Dose vor) Dieß Bild gehörte einst meinem Weibe. Sie ist nicht mehr. Du nahmst ihren Platz ein in meinem Herze — dein sey auch dieß. Nimm es, mein Sohn! (Gustav nimmt es halb außer sich) Betrachte es jeden Morgen — denke dabey an die Tugend, und die herzlichste Liebe deines guten Vaters. (will ab)

Gustav (ihm nachstürzend, mit Thränen an seinem Halse) Vater, ich kann es nicht nehmen!

Wiendal. Warum nicht?

Gustav. Ich bitte sie um alles in der Welt, nehmen sie das Geschenck zurück.

Wiendal. Nein, Gustav! ich geb dirs aus gutem Herze; und so wirst du es auch nehmen und behalten.

Gustav. Ich kann nicht! ich kann nicht! Ich habe Haß, Zorn, Verbannung verdient, und sie verzeihen nun — und beschenken mich sogar! ich fühle mich so schlecht, und sie so gut! Lieber Vater! ich bitte sie, nehmen sie das Geschenk zurück, und heben sie es auf, bis ich erst was Gutes gethan habe.

Wien-

Wiendal. (sehr warm) Gieb her. (Gustav giebt sie ihm) Da! — Jtzt, mein Sohn, ist es mit Recht dein! Der feste Vorsatz zum Guten ist schon Gutes! Jtzt hast du es verdient! (geht nach der Seite; für sich) Dank dir, Vater der Natur! Du hast mir den richtigen Weg gezeigt. (zu ihm) So, mein Sohn, handelt die Tugend mit ihren Schuldnern. Hätte ich deine Verirrungen für sie bestraft, so glaubtest du die Rechnung abgeschlossen, und ihr nichts schuldig geblieben zu seyn. Nun wirst du dich wohl schämen, Zins auf Zins zu häufen; wirst dich hüten, einen Mann zu kränken, dem selbst ein Andenken von seinem heimgegangenen Weibe nicht zu heilig war, um damit deine Liebe zu erkaufen. (ab)

Achter Auftritt.

Gustav. (allein)

Ist denn dieß alles wirklich und war? Wie ist mir nur? — Schurke! — einen solchen Vater gekränkt zu haben! (öffnet den Deckel der Dose) Dieß Gesicht voll Redlichkeit und Güte! So darf ichs ansehen — aber ihn selbst nicht — nein — nicht eher darf ich ihm in die sanften, guten Augen sehen, bis ich zuvor etwas Gutes gethan habe. (Es klopft) Herein!

Neunter Auftritt.

Gustav. Thomas und Franz.

(Thomas tritt beschämt herein)

Gustav. Nur näher! Zu wem will er, guter Mann?

Thomas. Kennen sie mich noch, Herr Wiendal?

Gustav. Ey — Thomas? nicht?

Thomas. Ja, leider bin ichs! aber ich wundere mich, daß sie mich noch kennen.

Gustav. Was bringt ihn hieher Thomas?

Thomas. Unglück, Herr Wiendal; Elend! — so wie sie mich hier sehen, bin ich vielleicht der ärmste Mensch auf zehn Meilen in die Runde.

Gustav. Thomas! so arm ist er? Mein Gott, wie ist das zugegangen?

Thomas. Ja, das weis der gerechte Gott, womit ichs verschuldet habe! Er hat mich hart geschlagen, Herr! so wie sie uns da sehen — ich und das Kind haben in vierzehn Tagen nicht warm gegessen, und die zu Hause eben so wenig.

Gustav. Armer Thomas! sag er nur, wie ist denn das so gekommen?

Thomas. Sie wissen, wie ich von dem Herrn Regierungsrath wegkam! Gott der Gerechte weis es, ich war unschuldig! Von da kam

ich

ich zum Herrn Geheimrath von Wolf; sie waren recht zufrieden mit mir; auf einmal ließen sie mich vorkommen. „Thomas," sagten sie, „ich „kann zwar nicht über euch klagen; aber behalten „kann ich euch auch nicht. Ich gebe euch ei- „nen ehrlichen Abschied; sucht euch einen andern „Dienst."

Gustav. Hat er die Ursache nicht erfahren?.

Thomas. Ach, leider weis ich sie!

Gustav. Was war es denn?

Thomas. Verzeihen sie, Herr Wiendal; ich kann sie allen Menschen eher sagen, als ihnen.

Gustav. Ey, warum das? Es mag seyn, was es will; sag' er mir es.

Thomas. Nu dann! Der Herr Hofrath Blume kamen zum Besuche zu uns. Als sie mich sahen, grüßten sie mich gar freundlich. Ich dachte an nichts Böses; aber hernach hat es meine Große von der Kammerjungfer der Frau Geheimderäthinn erfahren, daß — daß —

Gustav. Nur heraus; es macht nichts.

Thomas. Der Herr Hofrath haben den Herrn Geheimderath gefragt: „Gnädiger Herr, „wo haben sie den Menschen her?" Da hat der Herr Geheimerath gefragt: „Kennen sie ihn?" „Leider," hat der Herr Hofrath gesagt; „Er „war einmal bey meinem Schwager in Dien- „sten. Er ist sonst ein fleißiger Kerl; aber er „hat die fatale Gewohnheit zu trinken; und „wenn

„wenn es ihm am Gelde fehlt, so nimmt er, „was er kriegen kann." Da hat die gnädige Frau nicht geruht, bis ich fort mußte.

Gustav. Das ist schlecht und niederträchtig, einen Mann mit Weib und Kindern um's Brod zu bringen! und wenn er auch — sag' er mir doch, — war er gewiß unschuldig — jenesmal — bey meinem Vater? — Er weis schon —

Thomas. Herr Wiendal, so wahr ich einen Gott im Himmel glaube! ich war unschuldig! Ich darf's nicht sagen; denn kein Mensch wird mirs glauben, da die Löffel in meiner Lade sind gefunden worden. Aber —

Gustav. Nu, vielleicht kömmts an den Tag: dann versprech' ich ihm, daß er gewiß wieder in meines Vaters Dienste kommen soll.

Thomas. Lieber, guter, junger Herr — wer weis, ob bis dahin noch Eins von uns Alam Leben ist. — Das Elend ist gar zu groß! Ich hatte ein Gärtchen gemiethet; damit nährte ich mich zwey Jahre. Aber der letzte Winter, der hat mich ganz ruiniert; es ist mir fast Alles zu Grunde gegangen. Herr Wiendal, ich habe noch keinen Menschen angesprochen; ich schäme mich. Aber itzt kann ich nicht anders. Die Frau ist krank, und kann nicht vor die Thüre; das kleinste Kind liegt auf unsrer einzigen Matratze, und wird wohl sterben müssen; der Wirth will uns nicht länger im Hause leiden, wenn wir ihn nicht bezahlen; und dazu keinen Bissen

Bissen Brod im Hause! — Herr Wiendal — Sie haben immer armen Leuten geholfen — das weis ich; sie sind ein guter Herr — um Gottes Barmherzigkeit willen, helfen sie mir, daß ich nicht verzweifeln muß!

Gustav. Lieber Thomas, ich wollte ihm herzlich gern helfen; aber ich habe zu allem Unglück heute erst all mein Geld — ausgegeben; ach, wär' er doch gestern gekommen!

Thomas. Ich konnt's nicht über's Herz bringen; ich habe Alles zugesetzt, was ich hatte; aber itzt habe ich gar nichts mehr, als das Bettchen, wo mein Jakob darauf liegt; ich muß verzweifeln! gestern gieng ich am Wasser hin — Gott verzeih mir es; Herr, ich wäre gewiß hinein gesprungen, aber ich dachte an meine Frau, und an die armen, unerzogenen Kinder! Ach, was erträgt man nicht für Elend, um seinen unschuldigen Kindern einen Vater zu erhalten!

Gustav. (weint) Das dauert mich sehr, armer Thomas!

Thomas. Ich kam nach Hause. Die Kinder jammerten um mich herum. „Vater, hast du noch kein Brod?" O Herr! es gab mir Messerstiche ins Herz! Ich konnte kein Wort sprechen; ich setzte mich an ein Eck, und schluckte alle Thränen hinunter, daß es die Kinder nicht sehen sollten; da kam der Wirth, und wollte bezahlt seyn. Ich hatte nichts. „Wenn ihr mich morgen nicht bezahlt, so werfe ich euch auf die Straße!"

Straße!" Heute bin ich schon den ganzen Morgen herumgelaufen; kein Mensch hat mir was gegeben. Endlich ist mir es gewesen, als ob mir es ein Engel eingäbe: Du kennst ja den jungen Herrn Gustav, dachte ich; er hat ein gutes Herz; er gab immer sein Taschengeld armen Leuten; er wird dir gewiß helfen. — Wenn sie können, so retten sie nur meine armen Kinder vom Verhungern.

Gustav. (hat unter der ganzen Rede fort geweint) Lieber Thomas, ich helf' ihm gewiß! Ich kann nur in dem Augenblicke nicht. Ich habe alles (für sich, an die Stirne schlagend) vor einer Stunde erst — alles — sogar meine Uhr — verspielt! — Thomas, gedulde er sich nur ein paar Wochen; ich spiele nicht mehr! Mein Vater giebt mir alles, was ich brauche, und auch Taschengeld; das will ich ihm so lange geben, bis er wieder in bessere Umstände kommt.

Thomas. (schlägt mit verbißnem Schmerz die Augen nieder) Es ist Gottes Finger! (zum Kinde) Komm, armer Wurm! Du siehst, ich kann dir nicht helfen! Gott belohne ihren guten Willen, Herr! wenn es gleich für uns zu spät ist! (will ab)

Zehn=

Zehnter Auftritt.

Die Vorigen. Peter, Kind von sechs Jahren.

Peter. Ach, Vater! Vater! die Mutter schickt mich zu dir. Denk nur, lieber Vater — der Wirth ist herauf gekommen, und hat den Tisch und die Stühle, und Jakobs sein Bette in den Hof getragen. Er will uns gar nicht wieder in die Stube lassen. Der kleine Jakob weint so, und ist so krank.

Gustav. Was? was ist das?

Thomas. Ich habs ja wohl gedacht; mein armes Kind! (mit höchst unterdrücktem Schmerz) Kommt — wir schlafen heute im Walde, und suchen Wurzeln — kommt! (will mit ihnen fort)

Peter. Nein, Vater, nicht im Walde! da ist es kalt, und sind auch Spitzbuben — bitte lieber den Herrn da; der ist ja so schön geputzt, und so reich; der wird dir schon was geben. Gelte, du! du giebst dem Vater Geld, daß der Bruder Jakob wieder in die Stube darf?

Gustav. (ist während diesen Reden im heftigsten Kampfe da gestanden. Bey den letzten Worten des Kleinen rafft er sich mit Heftigkeit zusammen) Ja, du lieber Kleiner; ich will dir helfen. Hier, Thomas! Nehm' er das; es ist ein Geschenk von meinem Pfleg-

vater —

vater — ich laß es sehr ungern von mir — aber ich habe sonst gar nichts. Da nehm' er etwas Geld darauf — versetz er sie; bezahl' er den Wirth. Aber — beyleibe verkauf er sie nicht, die Dose! sie ist mir theurer, als Alles, was ich besitze! Ich will lieber mein Pferd verkaufen, und sie einlösen.

Thomas. Herr sie sind unser Engel! Kinder, fallt nieder, und dankt! Der Herr rettet uns Allen das Leben! (er und die Kinder knien)

Gustav. (hebt sie auf) Laßt das! laßt das! Thomas, mach er, daß er fort kommt; damit sein krankes Kind nicht mehr unter freyem Himmel liegen muß! Geht, geht; es ist gut! es ist gut! Aber — lieber Thomas, verkauf er ja die Dose nicht!

Thomas. Nein, Herr! Gott vergelt' es ihnen! Kinder, dankt! dankt! —

Die Kinder. Danke dir, lieber Herr!

Thomas. (spricht fort, indeß die Kinder reden) Ach Herr! Wenn gute Menschen schon in dieser Welt belohnt werden, so müssen sie recht glücklich werden. (mit den Kindern ab)

Eilf=

Eilfter Auftritt.

Gustav. (allein)

Nun ist mir leicht! — Besser hätt' ich das Geschenk nicht anwenden können. (Pause) Die Dose hätte ich nicht weggeben sollen! Das Elend war aber auch gar zu groß! und wenn mein Vater wüßte, daß Thomas unschuldig und so arm ist; er hätte noch mehr gethan. Ich kann sie ja bald einlösen. (Pause) Aber das kömmt von dem verdammten Spielen! Wahrhaftig! wenn mancher Mensch bedächte, daß er mit dem Gelde, was er in einem Sitz verspielt, eine ganze Familie aus dem Elende retten könnte; müßte ein Schurke seyn, wenn er dann noch spielte. (freudig athmend) Nun ist mir wohl! Itzt scheue ich mich schon nicht mehr, meinem Vater unter die Augen zu treten, weil ich in der Zeit auch was Gutes gethan habe!

Dritter Aufzug.

(Nachmittag)
Gustavs Zimmer.

Erster Auftritt.

Gustav.  Hülsen.

(Gustav kömmt fröhlich herein, hat ein Blatt deutsche Jugendzeitung in der Hand, setzt sich, und fängt an zu lesen.)

Hülsen. Sie lesen, Herr Gustav?
Gustav. Ja, wie sie sehen.
Hülsen. Darf man fragen?
Gustav. Deutsche Zeitung.
Hülsen. Das ist ganz löblich und gut; aber besser wäre es, wenn sie etwas Juristisches vornähmen.

Gustav. Itzt nicht. Das, was ich lese, macht mich gut denken und handeln; und ist die Hauptsache, wie mein Vater sagt.

Hülsen. Das weis ich — aber ich ——
Gustav. (schnell einfallend) Sie — sie sagen nicht so? Das weis ich auch.

Hülsen.

Hülsen. Ey, ey! wie vorlaut abermals! Ich sage, daß dieß ungefähr Zeit hat, bis sie versorgt sind. Itzt müssen sie sich noch erst qualificiren.

Gustav. Das werde ich ja wohl mit ihrer Hülfe.

Hülsen. Langsam genug! Sie werden bald auf die hohe Schule gehen. Sie sollen nur anderhalb Jahre da bleiben; folglich müssen sie schon akademische Kenntnisse vorläufig mitbringen.

Gustav. Ey, wofür hätte ich denn ihren vollwichtigen Vorlesungen so oft beygewohnt? Sorgen sie nicht! ich werde schon wissen, was ich zu wissen brauche.

Hülsen. Ah! sie stützen sich gewiß noch auf das Sekretariat beym Marschallamte? Lassen sie sich immer die Hoffnung vergehen.

Gustav. Sie war nie groß.

Hülsen. Und ihr Herr Pflegvater hat selbst erklärt: Sie verdienten die Stelle nicht.

Gustav. Mein Vater hat selbst mit mir gesprochen. Was sollen die Hetzereyen?

Hülsen. Gar keine Hetzereyen. Nur Wahrheiten. Es ist mir lieb, wenn sie es wissen.

Gustav. Ja, ja, ich weis es! Bin mit meinem Vater ausgesöhnt. Habe fröhlich zu Mittag gegessen, ein Glas Wein getrunken; und bin itzt so froh und vergnügt, daß — daß ich sie bitte, mich allein zu lassen.

E 2 Hülsen.

Hülsen. So? (halb aufgebracht) Miß­fällt ihnen meine Gegenwart?

Gustav. (freundlich lächelnd) Sie stört mich in meinem Vergnügen.

Hülsen. (aufgebracht) Das ist ja recht beleidigend!

Gustav. (sanft) Das soll es nicht seyn, Herr Hülsen. Ich bitte sie! itzt ist nicht die Stunde zu Vorlesungen. Laßen sie mich doch das genießen, was ich lese.

Hülsen. Hm! Das muß eine besondere Ur­sache haben, warum sie mich nicht zugegen wünschen?

Gustav. Die natürlichste von der Welt. Ich bin heiter und froh! — empfänglich für al­les Gute! habe etwas zu lesen, was mich fro­her und besser machen kann! lese lieber allein — und bitte sie nun recht dringend, mein lieber Herr Hülsen — mir das Vergnügen zu gönnen!

Hülsen. Nun — wohl; ich will ihnen nicht länger beschwerlich seyn. (geht, und brummt im Abgehen) Hm! Hm! das ist mir verdäch­tig. (Gustav liest. Nach ziemlicher Pau­se klopft es)

Gustav. Herein!

Zwey­

Zweyter Auftritt.

Hannchen. Gustav.

(Hannchen tritt schüchtern ein)

Gustav. Was bringt sie, Jungfer?

Hannchen. Ein schönes Kompliment vom Vater, dem Gärtner; und er läßt ihnen noch tausend und tausendmal danken! und da schickt er ihnen ein Sträuschen.

Gustav. Ah! — Ich bedanke mich, Kleine! Nun, ist euch geholfen?

Hannchen. Ja, lieber Herr Wiendal.

Gustav. Ihr Wirth ist ein Schurke! ein verdammter Schurke! ein krankes Kind in den Hof zu werfen, das ist infam!

Hannchen. Ach lieber Herr Wiendal, er ist gar zu arg mit uns umgegangen.

Gustav. Es ist gut, daß ihr ihn bezahlt habt; nun wird er höflicher werden. Ihr habt doch bezahlt?

Hannchen. Nunmehro, ja. Im Anfang wollte er nicht glauben, daß wir ihn bezahlen könnten. Aber da hat ihm der Vater das Geld nur so im Blick gezeigt, und da hat er so scheel darauf gesehen; aber der Vater hat gethan, als merkte er es nicht.

Gustav. Wo ist die Dose?

Hannchen. Der Vater hat sie zu einem Goldschmidt gethan, den er kennt, und der auch auf Pfänder borgt; und da, meynt der Vater, da stünde sie sicher und gut.

Gustav. Daß sie ja gut verwahrt wird; ich darf sie nicht verlieren! Es ist ein Geschenk von meinem Pflegvater. Sobald ich Geld bekomme, lös ich sie wieder ein.

Hannchen. Ach nein; der Vater sagt: er wollte selbst sehen, daß er so viel verdienen könnte; und hat gesagt, was sie für ein großmüthiger Herr wären! Er hat uns auch befohlen, wir sollen recht dankbar seyn; und das will ich ja gerne! (will ihm die Hand küssen; Gustav verhindert es, und küßt sie auf den Mund.)

Gustav. So! nicht die Hand, liebes Mädchen. Wer wird sich von einem hübschen Mädchen die Hand küssen lassen! (wird warm) Wie heißt sie?

Hannchen. Johanna Margaretha Wackerinn.

Gustav. Also Hannchen?

Hannchen. Ja.

Gustav. Und wie alt, liebes Hannchen?

Hannchen. Auf Thomastag werde ich sechszehn Jahre alt.

Gustav. Erst? und schon so groß und so hübsch?

Hannchen. Ach gehen sie; ich bin nur ein gemeines Mädchen.

Gustav. Deßwegen kannst du immer hübsch seyn.

Hann-

Hannchen. Ja, wenn ich so schöne Kleider hätte, wie sie?

Gustav. Die Kleider machen Niemand schön, der es nicht ist. Du gefällst mir so recht sehr.

Hannchen. Ach sie spaßen nur, Herr Wiendal.

Gustav. Nein, wahrlich, Hannchen, du gefällst mir! Sieh nur, wie knapp und hübsch das alles sitzt. (umfaßt sie)

Hannchen. (sträubt sich) Ey, gehen sie, ich schäme mich!

Gustav. Hm! wie du roth wirst, Kleine! und das steht dir schön. (kneibt sie in die Backen, sie sträubt sich) Nun, zier dich nicht, Kleine! Höre, Hannchen! Du mußt mich zu Zeiten besuchen. Willst du?

Hannchen. Ey, warum nicht? wenn es der Vater will. Er läßt mich sonst nicht zu ledigen Herren gehen; aber zu ihnen —

Gustav. Warum nicht?

Hannchen. Ich weis nicht. Er sagt, es schickt sich nicht. Ich durfte auch schon voriges Jahr nicht mehr Blumensträuschen herumtragen.

Gustav. Bringe du mir immer Blumensträuschen; es ist mir noch einmal so lieb, wenn du mir sie bringst, schönes Hannchen! Willst du? (sie liebkosend)

Hannchen. Wenn sie befehlen, Herr Wiendal? Ach, der Vater wird ihnen gewiß die schönsten Blumen aussuchen. Er kann nicht genug sagen, wie dankbar er seyn will; und wir Kinder Alle sollten recht dankbar seyn; und sollten bethen, daß es ihnen wohl gienge; denn sie hätten uns vom Verhungern gerettet! (das Letzte sagt sie weinerlich).

Gustav. (kommt auf einmal zu sich, wie vom Blitz getroffen) Das war zu rechter Zeit gesprochen! (abwärts) Vom Hunger retten, und dafür die Unschuld verführen! (schlägt sich an die Stirne) Höre Mädchen, es war Zeit, daß du das sagtest; es war dein und mein Glück! Nein, Hannchen, bringe du mir keine Blumen; nie bringe mir etwas; schicke deinen Vater oder deine Geschwister, wenn ihr was braucht; und willst du dankbar seyn, so bethe, daß Gott mich beßre. (hier trocknet er sich mit Ungestüm die Augen, und stürzt ab.)

Dritter Auftritt.

Hannchen. (allein)

Warum gieng er denn auf einmal fort? — Ach Gott! ich habe ihm doch nichts zu Leid gethan! — Ach, wenn das mein Vater wüßte! — (will ab, besinnt sich aber, und bleibt) Nein, ich muß doch warten, ob er nicht wieder kommt; ich muß ihm abbitten, wenn ich ihn böse gemacht habe.

Vier=

Vierter Auftritt.

Hannchen. Hülsen.

Hülsen. Wer ist sie, Jungfer? was will sie?

Hannchen. Ich warte auf den jungen Herrn Wiendal.

Hülsen. (halb bey Seite) So? darum will der junge Herr allein seyn? Sie hat nichts bey dem zu suchen. Was will sie von ihm?

Hannchen. Der Vater hat mich zu ihm geschickt.

Hülsen. Wer ist ihr Vater?

Hannchen. Der Thomas Wacker, der Gärtner.

Hülsen. Ah — also eine Betteley? und da schickt man seine erwachsene Tochter zu jungen Burschen aufs Zimmer? Er sollte sich schämen! Geh' sie ihrer Wege.

Hannchen. Ach, lassen sie mich nur noch einen Augenblick warten! vielleicht kommt der junge Herr wieder.

Hülsen. Sie hat nichts bey dem jungen Herrn zu schaffen. Packe sie sich ihrer Wege.

Hannchen. Ich bitte sie gar sehr! Der Herr ist so haftig weggegangen; ich muß ihn bitten, daß er nicht böse mit mir ist.

Hülsen. Ach, bewahre! böse? seht doch! Der Zorn wird nicht so gefährlich seyn. Ich merke schon so etwas! Den Augenblick marschire sie;

sie; sie leichtfertige Dirne! Ihr Vater ist ein schlechter Kerl, daß er sie zu solchen Gesandtschaften braucht.

Hannchen. (weinend) Ich bin keine Dirne, und mein Vater ist auch kein schlechter Mann. Wir sind arme, aber ehrliche Leute! und wenn es Herr Wiendal erfährt, so wird er es gewiß nicht leiden, daß sie einem armen Mädchen so begegnen.

Hülsen. Ich glaube, sie will mir drohen! den Augenblick marschire sie, oder ich will ihr den Weg zeigen. (packt sie an, und will sie hinausführen. Hannchen weint, und sträubt sich; indem kommt Gustav)

Fünfter Auftritt.

Die Vorigen. Gustav.

Gustav. Was giebt es hier?

Hülsen. (läßt einen Augenblick nach) Eine unnütze Meubel aus dem Zimmer zu transportiren.

Gustav. Wer giebt ihnen Auftrag?

Hülsen. Ich! — vermöge meines Amts, auf die Sitten meiner Zöglinge zu wachen.

Gustav. Herr, ihre Zöglinge sind im Stande, über sich selbst zu wachen; ich verbitte mir dieß gewaltsame Verfahren.

Hannchen. Ach, lieber Herr Wiendal, es ist gar zu arg mit mir umgegangen.

Gustav.

Gustav. Sie hat geweint, armes Mäd=
chen? (besieht den Arm) Flecken auf der Hand?
Ey, das ist ja recht höflich zugegangen!

Hülsen. Nicht so naseweis, Mosje Gustav,
oder wir wollen ihm was anders zeigen!

Gustav. Herr, was sie mir zeigen, kann
weder klug noch höflich seyn; das beweist die
Holzhackermanier mit dem Mädchen.

Hülsen. Nicht so raisonirt, junger Bur=
sche! Er wird mir nicht vorschreiben, wie ich mit
seinen Dienern umzugehen habe. Er muß sich
Mores lernen lassen, junger Laffe!

Gustav. Herr, itzt ist es genug! (will
auf ihn zu. Hannchen hält ihn bittend zu=
rück.) Das Er verbitte ich. Und was die Sit=
ten betrifft — so könnte ich darinn keinen schlech=
tern Lehrer haben, als so einen schwarzen, rau=
chigten, ungehobelten Pedanten.

Hannchen. Ach Gott, lieber Herr Wiendal!

Hülsen. Warte, Bube! das soll dir theuer
zu stehen kommen! und sie, lüderliches Weibs=
bild! den Augenblick gehe sie ihrer Wege!
(packt sie an, und will sie hinaus werfen)

Gustav. (außer sich) Nun ist es aus!
(zieht sie zurück) Bleib, Mädchen! Und er,
gelbsüchtiger Oelgötze, wir wollen sehen, wer
hier Recht hat? Er oder ich! (packt ihn an,
und wirft ihn zur Thüre hinaus)

Sechs=

Sechster Auftritt.

Hannchen. Gustav.

Hannchen. (außer sich, die Hände ringend) Ach Gott, das Unglück! ach! was wird daraus werden?

Gustav. (zurückkommend) Itzt gehe, Kleine! gehe in Frieden! und komme nicht wieder; du siehst — (trocknet sich das Gesicht)

Hannchen. Ach lieber Herr Wiendal, verzeihen sie mir doch! ich bitte sie um Alles in der Welt.

Gustav. Du hast mir nichts gethan, Kleine! Im Gegen er! — du hättest mir zu verzeihen, wenn du wüßtest — Der Schurke hat dir wehe gethan? — Er hielt uns Beyde für das, was wir nicht sind! Itzt gehe in Frieden, Mädchen! es ist alles gut! (Hannchen will langsam und betrübt ab) Höre, noch Eins! Ich muß dir noch etwas sagen: (Hannchen kommt zurück) Du warst in Gefahr, Mädchen, und du wußtest es nicht! Gott sey Dank, daß es so gekommen ist! Hannchen, du bist arm; traue keinen Liebkosungen junger Männer. Es giebt noch Schlimmere, als ich — und du unerfahrnes, argloses Geschöpf könntest leicht verführt werden. Sage deinem Vater alles — alles, was hier vorgieng — er kann dir es besser erklären. Und nun komm, gutes

Hannchen; ich will dich selbst hinunter führen, damit dir Niemand etwas zu Leide thue! (Beyde ab)

Siebenter Auftritt.

Wiendal. Hülsen.

(Als Gustav mit Hannchen zur Seitenthüre heruntergeht, kommt Hülsen zur Mittelthüre mit Wiendal herein. Hülsen macht die Thüre auf, und läßt Wiendal herein; dann sehen sich Beyde um.)

Wiendal. Ich sehe ja Niemand.

Hülsen. So werden sie sich zusammen die Seitentreppe hinunter geschlichen haben.

Wiendal. Mein Gott! es ist doch, als ob heute alles auf mich losstürmen wollte! Wer war das Mädchen?

Hülsen. Die Tochter des Thomas Wacker, dero ehemaligen Gärtners

Wiendal Noch dazu?

Hülsen. Das war ein Grund mehr, warum ich sie fortschaffen wollte. Die Dirne war aber so frech als möglich, und wollte durchaus nicht gehen. Sie wußt vermuthlich, daß sie hinlänglichen Schutz finden würde.

Wiendal. (halb für sich) Sollte ich mich denn so sehr getäuscht haben!

Hülsen.

Hülsen. Und wie ich die Ehre hatte, ihnen zu sagen: Ich wollte sie nöthigen, das Zimmer zu verlassen; Gustav kam ihr zu Hülfe, fuhr mich mit Scheltworten an; und als ich ihn erinnerte, an die ihm heute noch von ihnen erneuerte Respekts=Anempfehlung, so befahl er mir mit den ärgsten Schimpfworten, mich meiner Wege zu packen, oder er wolle mir was anders zeigen. Da ich nun — wie billig, dieß nicht befolgte, so stieß und schlug er nach mir, und warf mich endlich zur Thüre hinaus.

Wiendal. (im Affect) Nein! nicht möglich! so lasterhaft kann Gustav nicht seyn! Nein, das that Gustav nicht! Meine Lehren, meine Bitten — so verachtet, an eben dem Tage, wo ich — nein — nein — nein — das ist nicht möglich!

Hülsen. Ja, mein werthester Herr Regierungsrath; ich fürchte leider, daß mit Glimpf gar nichts mehr bey ihm auszurichten ist.

Wiendal. Ich verfuhr so schonend mit ihm! — So verderbt sollte also die Natur des Menschen seyn? Güte kann nichts gewinnen! (heftiger) Wohlan, verderbte Natur! du schufst ja auch die harte Metalle, Eisen zu Ketten, um die unbiegsamen Gemüther körperlich zu fesseln.

Achter Auftritt.

Vorige. Mad. Ellrich.

Mad. Ellrich. Was hat es denn mit Gustav gegeben? Er glühte über und über, und stürzte fast in einem Zuge ein ganzes Glas Wein hinunter. Ist denn hier etwas vorgefallen?

Wiendal. Ach leider! ist schon wieder etwas vorgefallen!

Mad. Ellrich. Was denn? was denn?

Wiendal. Viel Böses! Schwester! Schwester! ich fürchte fast, du kanntest deines Sohnes Herz besser, als ich. Ich fürchte es, Schwester! aber wenn es ist — Gott, dann laß mich auch nicht länger leben, als ich Zeit brauche, um meinen Irrthum zu beweinen!

Mad. Ellrich. Immer Extreme, Bruder! Gustav ist gewiß kein Engel, auch kein so gutartiger Mensch, als du glaubest; schränke deine zu große Vorliebe für ihn etwas ein; sey strenger gegen ihn, und gerechter gegen seinen Bruder; und dann bist du auf dem rechten Wege.

Wiendal. Oh! daß doch die Menschen alles nach sich messen! Meynst du, daß ich Grundsätze und Gefühle wechseln kann, wie Kleider? Wenn ich aus Eigensinn, aus Grille deinen Gustav wählte, dann hättest du Recht! Wenn ich ihn ausgesucht hätte, wie einen Vogel aus der Hecke, um ihm meine Lieblingsmelodien zu lernen — ja dann! — nun dann würde ich diesen fliegen lassen, wenn er ungelehrig wäre, und einen andern

abrichabberichten. Aber — Schwester! mein Herz hängt an diesem Sohn! er war mein Stolz, mein Glück, meine einzige Hoffnung! (mit starkem Affekt) Ist er ein Bösewicht — Dann wehe mir armen, getäuschten Vater!

Mad. Ellrich. Nimm dir's nicht so zu Herzen, Bruder. Aendere nur dein Betragen gegen ihn; gieb Acht, es wird ihn auch ändern.

Wiendal. Das kann ich nicht. Ich kann nicht! Es ist zu spät! Irren konnte er, fallen nicht! nein, nicht fallen! An demselben Tage, wo ich so warm, so herzlich, so innig mit ihm war; wo ich mein theuerstes Andenken — nein! er konnte nicht fallen! Herr Hülsen, sie sahen vielleicht nicht recht.

Hülsen. Wollte der Himmel, mein Herr Regierungsrath! Ich sah die Dirne mit meinen leibhaften Augen.

Wiendal. Nun dann — so sahen sie recht! — Doch ich will Gustav selbst sprechen. Wo ist er?

Hülsen. Wenn sie zweifeln, so haben sie die Güte, denselben in meiner Gegenwart zu befragen.

Wiendal. Das werd' ich.

Neun=

Neunter Auftritt.

Vorige. Ein Lehrbursche vom Goldschmidt.

Lehrbursche. Wohnen hier der Herr Regierungsrath Wiendal?

Mad. Ellrich. Ja, da ist er.

Lehrbursche. Mein Herr schickt mich zu ihnen. Ich soll einen gehorsamsten Respekt vermelden, und fragen, ob ihnen nicht vielleicht etwas gestohlen wäre?

Wiendal. Ich weis von nichts. Wer ist sein Herr?

Lehrbursche. Der Goldschmidt Freilig.

Wiendal. Ich vermisse nichts.

Lehrbursche. Mein Herr läßt bitten, der Herr Regierungsrath möchten nur einmal ihre Kostbarkeiten nachsehen; es würde ihnen gewiß was fehlen.

Mad. Ellrich. (leise) Besinne dich, Bruder.

Wiendal. (zu ihr) Ach, man hat mir viel gestohlen! (auf's Herz zeigend) Aber der Verlurst —

Mad. Ellrich. (unterbrechend) Was sollte fehlen?

Lehrbursche. Eine goldne Dose. Mein Herr glaubte an dem Portrait zu erkennen, daß sie dem Herrn Regierungsrath gehörte.

Wien-

Wiendal. (fährt bey den Worten: goldne Dose, zusammen) Nein! — ja —! O Gott! — (schwach) Mein Freund, hol' er mir doch die Dose einmal her — es ist — möglich —

Lehrbursche. Ich hab sie schon bey mir. Da. (zeigt sie ihn)

Wiendal. (nach einer Panse, mit innigem Schmerz) Sie war mein! wirft sich betäubt in einen Stuhl, hält mit beyden Händen die Dose, und sieht starr darauf)

Lehrbursche. So? nun da hat mein Herr nicht geirrt. Sie ist zum Versatz gebracht worden, von einem verarmten Gärtner. Der Herr hat gemeynt, er würde sie ihnen wohl gestohlen haben.

Mad. Ellrich. Es ist gut, mein Freund. Sag' er seinem Herrn, die Dose gehört uns: und wir dankten recht sehr für seine Höflichkeit.

Lehrbursche. Der Herr war nicht zu Hause, wie sie der Gärtner brachte; und die Frau hat derweilen ein und vierzig Gulden darauf geborgt; die werden der Herr Regierungsrath wohl an meinen Herrn zahlen?

Mad. Ellrich. Ja, ja, sag er nur ein Compliment; und es sollte alles ersetzt werden. (giebt ihm Geld) Das — für seine Mühe.

Lehrbursche. Es ist in guten Händen. Ich danke schönstens! (ab)

Zehn-

Zehnter Auftritt.

Vorige ohne Lehrbursche.

Mad. Ellrich. Was ist dir, Bruder?

Wiendal. Sie war mein.

Mad. Ellrich. Wie ist sie dir denn weggekommen?

Wiendal. (mit stärkem Affekt) Sie war mein! und ich verschleuderte das kostbarste Andenken — an den schändlichsten Menschen!

Mad. Ellrich. An wen?

Wiendal. An den Bösewicht, den du gebarst! An die Natter, die ich mir selbst in den Busen steckte, damit sie mein Herz zernagen, zerreißen möchte! (geht halb verzweifelnd auf und ab)

Mad. Ellrich. (zu Hülsen) Wie in aller Welt muß aber der Gärtner dazu gekommen seyn?

Hülsen. Es wird wahrscheinlich der Preiß seyn, womit er die Liebkosungen der Tochter vergütet hat.

Wiendal. (kömmt zurück und hat das Letztere gehört) Das theuerste Andenken von meiner Gattinn, Lohn der Buhlerinn! O Bösewicht! Bösewicht! Du stahlst dich in mein Herz! um mir mein Daseyn zu vergiften! Bösewicht! Schändlicher Bube!

Eilfter Auftritt.

Vorige. Gustav, (etwas betrunken)

Mad. Ellrich. Da ist er.

Wiendal. Komm her, Bube! Was hast du gemacht?

Gustav. Was? — nichts Unrechtes!

Wiendal. Was hast du gethan? — Sieh diesen Mann an! sieh ihm in's Gesicht! was that'st Du?

Gustav. Das? Das ist mein grober Hofmeister; den hab' ich zur Thür hinausgeworfen, weil er mich beschimpfte, und ein armes Mädchen mißhandelte.

Wiendal. Weil er deine Dirne von deinem Zimmer entfernen wollte — die —

Gustav. Keine Dirne! ein ehrliches Mädchen!

Wiendal. Schweig, Bube!

Gustav. Es ist Wahrheit! Es ist ein ehrliches Mädchen!

Wiendal. Wo hast du die Dose, die ich dir gab?

Gustav. Weggegeben. Ich bekomme sie wieder.

Wiendal. Wem gabst du sie?

Gustav. Dem alten Gärtner, weil er arm war.

Wiendal. Dem Vater der Dirne zum Lasterlohn!

Gustav.

Guſtav. Ich ſag' ihnen, Vater, es iſt keine Dirne!

Wiendal. Nenne mich nicht mehr Vater! (nach einem Athemzug, mit entſchloßnem Tone) Du haſt dieſen Mann gemißhandelt.

Guſtav. Ja; aber er iſt ein Grobian; er hat mich und das Mädchen zuerſt gemißhandelt.

Wiendal. Du haſt das Pfand meiner Güte, meiner Schwäche — dieſe Doſe — zum Laſter ihn entehrt — geh mir aus den Augen, Böſewicht!

Guſtav. Vater, ich bin kein Böſewicht!

Wiendal. (mit höchſter Heftigkeit) Geh, geh! und ſieh mich nie wieder! — Ich that viel für dich! ich lebte nur für dich! Du lohnſt mir mit Undank? Geh, geh! ich verſtoße dich! geh, und beßere dich, wenn du kannſt; damit die Gerechtigkeit nicht Rache nimmt für gemordete väterliche Liebe! geh mir aus den Augen!

Guſtav. (ſchlägt ſich mit Wuth mit beyden Fäuſten an den Kopf) Gut, ich gehe! (verzweifelnd ab)

Zwölfter Auftritt.

Vorige ohne Gustav.

(Wiendal wirft sich erschöpft auf einen Sessel.)

Mad. Ellrich. (gutmüthig zu Hülsen) Das gieng doch zu weit! Ich will ihm nach; bleiben sie bey meinem Bruder. (ab)

Dreyzehnter Auftritt.

Wiendal. Hülsen.

Hülsen. (mit anscheinender Besorgniß zu Wiendal) Herr Regierungsrath, schonen sie doch ihre theure Gesundheit.

Wiendal (anfangs im tiefsten Schmerz versunken — nach einer langen Pause wie vom Schlaf erwachend) Wo ist Gustav?

Hülsen. Er stürzte wüthend ab.

Wiendal. So? warum?

Hülsen. Er schien noch beleidigt durch ihren gerechten Zorn.

Wiendal. War ich sehr zornig? — Ja, ich fühle so etwas. That ich ihm vielleicht zu viel? ich hoffe es nicht, Herr Hülsen! Es ist ja sonst nicht meine Natur, den Menschen Unrecht zu thun! (Pause) Da ist ja seine Dose. Ich schenkte sie ihm ja; sie ist nicht mehr mein. — Ah! ich besinne mich! (wehmüthig:) er will sie nicht! er mag sie nicht, weil sie von mir kömmt!

Er

Er liebt ja alles — nur mich nicht! — Wer wird mich nun lieben, da ich keinen Sohn mehr habe?

Hülsen. O sie haben ja eine Schwester, die sie zärtlich liebt, und noch einen Neffen; und getreue Hausgenossen, die —

Wiendal. Nein, nein! keinen Neffen mehr! — Sie saugen das Herzblut aus! nein, keinen Neffen mehr! keinen Menschen mehr! — Ihr Undank — schlägt tiefe Wunden. Nein! einen jungen Wolf — will ich aufziehen; er soll mit mir essen, und in meiner Kammer schlafen; und wenn seine Natur in ihm erwacht, und er zerreißt mich — nun — so war's doch ein reißend Thier — und kein Mensch, dem ich Wohlthaten erzeigt hatte. (geht schwach, von Hülsen unterstützt, ab.)

Anmerkung. Es ist vorauszusetzen, daß der Schauspieler den Grad der Erschlaffung, der hier in den letzten Reden Wiendals moralisch angedeutet ist, auch physisch individualisiren wird.

Ende des dritten Aufzugs.

Vierter Aufzug.

(Abend)

Zimmer beym Barbier Steps.

Erster Auftritt.

Steps und Fieke.

(Steps im kurzen Schlafrock, mit der Mütze auf dem Kopf. Fieke mit bürgerlichem Weiberputz beschäftigt.)

Steps. (gähnend) Ja ja ja! — Wenn nur der Tag schon überstanden wäre!

Fiege. Warum denn?

Steps. Ah! morgen ist wieder Zeitungstag. Man weis außer dem gar nicht, wie man in der Welt lebt. Man hört nichts — kann nichts erzählen —

Fieke. Ja, dann bist du zu beklagen, Christelchen, wenn du nichts zu erzählen hast!

Steps. Fopp mich nicht! ich versteh' so viel davon, als Einer im Kabinet. Gott erhalte mir meinen gesunden Verstand! Ich hab's noch immer

mer vorausgesagt, wie's ausgehen wird. Man braucht nur auf ein paar Hauptschlachten zu reflektiren, so weis man gleich, wer gewinnen oder verlieren wird.

Sieke. Da hast du Recht, Christelchen. Nach zwey Hauptschlachten hast du gut rathen.

Steps. Das verstehst du nicht. Für wen arbeitest du da.

Sieke. Der Brautaufsatz für die Müllerstochter in der Vorstadt.

Steps. Hat die auch noch einen Mann gekriegt? Fordere einen Gulden mehr.

Sieke. Warum das?

Steps. Einen Gulden mehr; sie kann zahlen! dafür ist sie Braut.

Sieke. Ich darf vom Tar nicht abgehen, sonst verlier' ich meine Kundschaft.

Steps. Was Kundschaft? — was Tar? — Es schlägt alles auf — alles wird theurer — sogar mein Messerschleifer begehrt mir einen Kreuzer mehr. Für den Putz zahlt man am liebsten — besonders eine Braut!

Sieke. Es geht nicht. Das muß ich wissen. Sorg' du für deinen Verdienst, und laß du mich für meinen sorgen.

Steps. Mein Verdienst? mit dem wird's alle Tage schlechter. Ein Lump muß ich werden, mit all meiner Kunst, mit all meinen Talenten! Ein Lump!

Sieke. Ja, du machst's darnach.

Steps.

Steps. Ich mach's darnach? Tausend Element! Fiekchen — mach mir den Kopf nicht warm! Sag, wie mach' ich's darnach?

Fieke. Du schaffst deine guten Gesellen ab, und willst selbst rasiren.

Steps. Unverständiges Weibsbild! sieh, was du plapperst. Ist's nicht mehr Ehre für die Kunden, wenn sie der Herr selbst rasirt?

Fieke. Christelchen, aus der Ehre machen sie sich nichts; sie wollen lieber besser bedient seyn. Du hast eine so schwere Hand.

Steps. (heftig) Daß dich der Blitz! ich? eine schwere Hand? sag das nicht wieder; du könntest sonst meine schwere Hand zu versuchen kriegen. (auf sie zu)

Fieke. (trotzig aufstehend, mit der Scheere in der Hand) Was willst du?

Steps. (zurückweichend) Menaschir' mich! Ich bitte, Fiekchen, menaschir' mich! Meine Gesundheit! — Du weißt, ich vertrage viel; aber in meiner Kunst laß ich mich nicht tadeln.

Fieke. Nicht? wer hat denn den dicken Syndikus, der so gut bezahlte, verlohren? Mit dem Gesellen war er zufrieden — aber — da der Herr Steps das schöne Neujahr selbst verdienen wollte — gieng er ab.

Steps. Den mag der Henker rasiren! Scheidemünze! lauter Scheidemünze das ganze Gesicht! Und doch kam ich zurecht. Bis auf ein Schnittchen — ein einziges Schnittchen; und noch dazu
nur

nur am Halse, wo es Niemand sehen konnte, wenn er ein dickes Halstuch umthat.

Sicke. Ja, Christelchen — die Schnittchen — am Halse — mit Schermessern —

Steps. Absit! hol der Henker das Bartscheeren! Damit kommt doch nichts heraus! Wenn ich nur sonst Gelegenheit fände, meine Talente an den Mann zu bringen! Aber — es geht gar nicht mehr. Die Leute sind so verdammt gesund, daß unser Einer darüber vor Aerger krank werden muß!

Siege. Christelchen, dafür behüt dich Gott!

Steps. Mit dem Aderlassen wills nicht fort. Wunderselten giebt's ein Schlagflüßchen! Wenn nicht noch die Weiber zu Zeiten zur Ader lassen müßten, noch heute würf ich Schnepper und Lanzette zum Fenster hinaus! — An Obstructionen ist gar nicht zu denken! Die Leute essen fast nichts mehr. Sie sparen sichs am Munde ab, um nur recht Staat machen zu können! Kartoffeln — dünnes Bier, und — seidne Kleiderchen. (vor Zorn ausspuckend) Seidne Kleiderchen! — nichts im Leibe! Mich wundert, daß sie der Wind nicht wegführt!

Sicke. Ueber den Putz sag nichts; der muß uns noch erhalten!

Steps. Das ists eben, was mich verzehrt! daß mich mein Weib erhalten muß! Ich bin der Mann, der Talente hat! ohne Ruhm zu melden! und der was Rechtes gelernt hat. Und — ich
will

will mich nicht berühmen — aber — der mehr weis, als alle Uebrige zusammen genommen! Und ein Mann, der Lebensart versteht! Und ein reinlicher, hübscher Mann! und ein Mann, der seine Leute zu unterhalten weis! und so ein christlicher Mann, als einer im Lande! Punktum!

Fieke. Ey, Christelchen, du bist ja recht bescheiden!

Steps. Das war ich immer! bescheiden und höflich gegen alle Welt. Das hat mir auch so viele Freunde erworben, vom Größten bis zum Kleinsten; und manchen Thaler mehr eingebracht. Aber — die ganze Natur hat sich umgekehrt! — Wenn ich nur bedenke, was mir das Zahnausbrechen allein für Geld eingetragen hat! Und itzt? es ist ein Jammer! da giebts so viele Zahnessenzen und Zahntinkturen — daß alle Zähne von selbst herausfallen. Was hat mir nicht die hochselige Gräfinn von Birnbaum für Geld eingetragen! Das war eine gute Kunde! Nicht ein guter Zahn im Munde. und für jeden einen holländischen Dukaten. Ich holte sie einzeln, so trug mi's mehr. Sie hatte noch fünfe in allem — sie schwebten nur so im Munde; ich hätte sie herausblasen können. Was geschieht — sie stirbt — und bringt mich um fünf holländische Dukaten! geweint habe ich, wie ein Kind, nur um die schönen hohlen Zähne! Ja, wenn das Christenthum nicht wäre, ich lebte nicht mehr! (es klopft)

Fieke.

Fieke. Christelchen, sieh doch, wer da ist.

Steps. Wer wirds seyn? ein Bettelmann. (nach der Thüre zu) Geht eurer Wege, hier wird nichts weggegeben.

Zweyter Auftritt.
Vorige. Gustav.

Gustav. Guten Abend, Herr Steps. (verbeugt sich gegen Fieke; sie erwiederts)

Steps. Kniefälliger Diener, mein allerschätzbarster Herr Wiendal! Fiekchen, verneig dich. Nehmen sie mirs doch ums Himmels willen nicht übel! Fiekchen, gieb doch Stühle! Wodurch habe ich denn das unverbesserliche Glück und die hohe Ehre —

Gustav. (hat das Stuhlholen der Frau abgelehnt) Machen sie ja keine Komplimente.

Steps. Was ist denn in meinem geringen Vermögen? womit kann ich dem allerschätzbarsten Herrn Wiendal dienen?

Gustav. Mit einer Freystätte im Unglück auf eine Nacht.

Steps. Hehehe! Immer noch so lustig? so allerliebst spaßhaft? hehehe! im Unglück? Ja, wenn man von einem so rechtschaffenen — und was noch mehr ist, so angesehenen, und was noch mehr ist — so reichen Manne, wie der Herr Regierungsrath — der Liebling —

Gustav.

Gustav. (mit tiefem Seufzer) Der war ich!

Sieke. (besorgt) Was? nicht mehr?

Gustav. O nein! nicht mehr! nie mehr!!

Steps. (lacht noch stärker) Sieh nur! sieh nur, Fiekchen, wie natürlich der (schlägt ihn sanft auf die Schulter) lose Herr das machen kann! Sollte man nicht schwören, es wäre sein Ernst? Ja, ja — er hat mir schon manches — hahaha — manches Bärchen angebunden! — Ja — wenn es — der Musje Albert wäre! (geringschätzig und vertraulich) dem ist der alte Herr nicht sehr hold.

Gustav. Es ist anders! glauben sie, es ist leider Wahrheit!

Sieke. Herr Steps, du bist ein schlechter Physiognomist, wenn du das dem jungen Herrn nicht ansiehst.

Steps. (kälter) Ey, ey, ey! also — zerfallen mit dem Herrn Pflegpapa? ganz zerfallen? — Nun, das wird sich wohl wieder machen?

Gustav. Nie! nie! es ist vorbey! er hat mich verstoßen. (hier setzt Steps die Mütze auf) Hingeworfen unter Gottes freyen Himmel! Er will mich nie wieder sehen.

Sieke. Ey, du Gott! das thut mir ja recht leid!

Steps. (kalt) Ja, ja! ganz auseinander? so, so, so? Hm! was wäre ihnen denn gefällig?

Gustav.

Gustav. Ich will die Nacht bey ihnen bleiben. Einen Abschiedsbrief schreiben — an meine Mutter — und ein — (hält traurig inne) und, eh der Tag anbricht, fort in die Welt.

Steps. So früh wird bey mir das Haus nicht aufgemacht.

Gustav. So muß ich warten.

Steps. (grob) Ja, ja! seht nur! so gehts! Ungerathne Kinder laufen von den Aeltern weg! so gehts, wenn man nicht gut thut!

Fieke. (verweisend) Herr Steps!

Gustav. Ich verdiene diese Demüthigung; mein Herz sagt mir —

Steps. (einfallend, immer gröber) Ja, ja! Herz hin, Herz her! weniger Herz und mehr Christenthum! Das kommt davon. In den jüngern Jahren lose Streiche gemacht, und damit gekontinuirt, bis mans zu bunt macht, und zum Hause hinausgeworfen wird!

Fieke. Christelchen, ich bitte dich!

Gustav. (glüht, hält aber an sich) Herr Steps, wollen sie mir bis morgen ein Zimmer geben, oder nicht?

Steps. Kann nicht geschehen. Ich habe dermalen keinen Platz.

Gustav. Wohlan! (zu Fieke) Adieu!

Fieke. Bleiben sie nur, Herr Wiendal! wir haben schon Platz.

Steps.

Steps. (laut) Es geschieht nicht. (leise) Ich kriege Verdruß. Ich verliere die Kundschaft im Hause.

Fieke. Ach nein! und wer solls denn sagen? — Herr Steps, wo bleibt das Christenthum?

Steps. (leise) Was habe ich davon? Er hat keinen Pfenning im Sack. Siehst du nicht — er hat nicht einmal eine Uhr!

Fieke. (sehr ernst) Ich bestehe darauf! Du sollst ihn behalten! Herr Steps!

Steps. (zu ihm) Was thut man nicht aus christlicher Liebe? Unter dem Dach ist noch eine Kammer ledig.

Fieke. Kommen sie nur mit mir, Herr Wiendal.

Steps. Fiekchen, du mußt erst Simonen herausschaffen.

Gustav. (anstehend) Ist sie bewohnt?

Steps. Ah! warum nicht gar? Es ist das Skelet von dem Pferdsdiebe, der vor eilf Jahren —

Gustav. Schöne Gesellschaft!

Fieke. Ey, wer wird sie dahin logiren! Kommen sie nur; ich will sie schon in ein ordentliches Zimmer bringen. (wollen ab, indem kommt)

Drit-

Dritter Auftritt.

Albert. Vorige.

(Gustav erblickt ihn, und tritt gerührt und voll Scham auf eine Seite.)

Albert. Ist mein Bruder nicht hier? (Sieke sieht auf Gustav, und steht an zu antworten)

Steps. Ey, mein hochschätzbarster — hochzuverehrender — Herr — vermuthlich — (traulich) nunmehro — Herr — Wiendal? an die Stelle des Verstoßenen? —

Albert. Ich suche meinen Bruder. Ist er nicht hier?

Steps. Ey, freylich. (verlegen) Leider! er hat so sehr — wie soll ich nur sagen — gebethen — und meine Frau — die hat ein so weiches Herz — ja — da ist er.

Albert. (auf ihn zu) Was machst du, Gustav?

Gustav. Ich bin wohl. (Pause)

Sieke. Du, es schickt sich nicht, daß wir da bleiben.

Steps. Ah! warum nicht?

Albert. Gustav — was hast du gemacht?

Gustav. Frage nicht. Genieße du, was ich verlor; und laß mich.

G   Albert.

Albert. Nein, ich habe mit dir zu reden. (zu Steps) Laßen sie uns doch einen Augenblick allein.

Steps. Wie mein hochzuverehrender Gönner befehlen! (zupft Albert auf die Seite; leise) Ich bitte, daß sie mir das nicht zu Ungunsten deuten mögen — daß ich da — den — wie soll ich sagen — Verjagten — aufgenommen —

Albert. Was glauben sie —

Steps. (fortfahrend) Erlauben sie — Ich wußte ja die Ursache nicht — und wenn ich wüßte — daß — es ihnen oder dem Herrn Regierungsrathe — den Augenblick —

Fieke. (ihn ziehend) Herr Steps!

Albert. Laßen sie sich das nicht beunruhigen.

Steps. (immer fortfahrend) Denn — sie wissen's, wenn ich ihnen — und dem Herrn Regierungsrath — und der Frau Mutter mit meinem Blute —

Albert Schon gut — laßen sie uns —

Fieke. (Gewalt brauchend) Ey, so komm dann.

Steps. (im Abgehen) So befehl' ich mich in die geneigteste Wohlgewogenheit. (mit Fieken ab).

Vier-

Vierter Auftritt.

Gustav und Albert.

(Pause. Albert blickt Gustav an. Endlich:)

Gustav. Was führt dich hieher? warum folgst du mir in mein Elend?

Albert. Du dauerst mich, Bruder! ich wollte — —

Gustav. Kein Mitleid, Albert! Ich verdiene keines — und — ich kann es auch nicht ertragen.

Albert. Ich wollte sehen, ob ich dir mit etwas dienen könnte.

Gustav. Mit nichts, Albert. — Woher weißt du, daß ich hier bin?

Albert. Die Mutter hat dir Jemand nachgeschickt; sie war besorgt —

Gustav. (sanft) War sie das?

Albert. Recht sehr. Und nun wollt' ich hören, ob du etwas brauchst oder verlangst.

Gustav. Nichts, gar nichts!

Albert. Aber du bist so fortgegangen, wie du gehst und stehst. Du brauchst doch Geld und Kleider zum Fortkommen.

Gustav. Nein. Des Vaters Liebe war mir alles! Ich war undankbar — er stieß mich von sich! ich verdiene kein Glück mehr! verlaß mich, Albert. Theile des Vaters Fluch nicht mit mir!

laß mich allein leiden! allein büßen, für das La
ster, das ich begieng!

Albert. So nimm doch nur wenigstens deine
Sachen mit. Ich will sie dir bringen oder
schicken.

Gustav. Nein —! ich danke dir, Bruder!
du meynst es wohl gut. Aber ich brauche, und
will sie nicht! Leiden will ich itzt, und büßen!.
schwer, schwer! ich will arbeiten in Tageshitze,
bis die Schweißtropfen sich mit meinen Thränen
vermischen; auf Holz und Stein will ich liegen,
um den Schlaf zu verscheuchen, der das Elend
erleichtert! ich habe schwer gesündigt — aber —
schwer will ich auch büßen!

Albert. Das mußt du nicht, Gustav. Du
bist ja verständig, und hast was gelernt. Du findest wohl noch Freunde —

Gustav. Nein, Albert! Ich finde keinen
Freund mehr! Der beste Mann unter der Sonne
war mein Vater, und mein Freund! Er stieß
mich von sich! wer kann sich meiner nun noch annehmen?

Albert. (gerührt) Ach, das ist recht traurig!

Gustav. (sieht ihn scharf an; sanft) —
Du bist gerührt über mein Schicksal? Habe Dank,
mein lieber Bruder! ich dacht' immer.— Du beneidetest mich um des Vaters Wohlthaten! aber
— du hast doch ein Bruderherz — Du suchst
mich hier auf — du weinst — mit mir? Komm,
mein

mein Bruder, noch einmal an meine Brust! und nimm meinen heißen — letzten Dank. (drückt ihn mit Ungestüm an sein Herz.) Albert, du trittst itzt in alle meine Rechte, in die Liebe des Vaters! sey gut! sey recht gut! kränke ihn nie! er ist der gütigste Mann unter der Sonne! sey du ihm — was ich nicht war — der Trost seiner alten Tage! — und wenn er jemals krank werden sollte — (die Thränen fließen stärker) — wenn er krank werden sollte, dann sorge für seine Pflege! (mit den letzten Worten stürzt er in halber Verzweiflung ab)

Albert. (ihm nach.) Gustav! — Er dauert mich doch! Wenn gleich das alles zu meinem Glücke ausschlägt, so wollt' ich doch nicht, daß er so unglücklich wäre! Ich will die Mutter bitten, daß sie ihm etwas schickt, vielleicht nimmt er's dann eher an.

Fünfter Auftritt.

Hülsen. Albert.

Hülsen. Sie sind da, Herr Albert? machen sie doch, daß sie nach Hause kommen! Der Herr Regierungsrath ist krank; sie müssen itzt nichts versäumen, um seine Gunst zu gewinnen.

Albert. So? nun da will ich gleich gehen.

Hülsen. Thun sie das. Seyn sie ja recht sorgsam! Von heute an blüht ihr Glück.

G 3 Albert.

Albert. Das ist gut. Aber ich wollte doch nicht, daß mein Bruder so alles verlöre.

Hülsen. Ach! der verdients nicht besser. Er ist ein lasterhafter Mensch. Seyn sie froh, daß es so gekommen ist! Des Einen Sturz hebt den Andern empor! Denken sie nur an das, schöne Erbtheil, welches nunmehr auf sie fallen muß.

Albert. Freylich — Aber — er hat gar nichts — Gustav! Ich weis nicht, wie er fortkommen will?

Hülsen. Da mag er sorgen. Was kümmert das sie? Machen sie nur, daß sie nach Hause kommen.

Albert. Sollten sie mich rufen?

Hülsen. Allerdings, auf Befehl der Frau Mutter.

Albert. Nun, so kommen sie.

Hülsen. Ich habe noch einen Auftrag an den Verstoßenen.

Albert. Doch einen guten?

Hülsen. Mehr als zu gut. Lassen sie mich nur; eilen sie nach Hause.

Albert. Gut; ich gehe gleich. (ab)

Hülsen. (hämisch) Itzt hab' ich meine Satisfaction, Dort liegt er itzt, der alte Affe — er fühlt den Wind! Sirocco! — und du Bube! Du wirst noch oft an den rauchigen Pedanten denken!

Sechster Auftritt.

Gustav. Hülsen.

Gustav (tritt ein — stutzt, da er Hülsen sieht) Ein schändlicher Tausch! wo ist mein Bruder?

Hülsen. Fort ist er, nach seiner Aeltern Hause.

Gustav. Er fort! und sie hier! was wollen sie?

Hülsen. Ich komme im Namen ihrer Frau Mutter.

Gustav. Was verlangt sie?

Hülsen. Sie bedauert, daß ihr Betragen ihnen diese Ausstoßung zugezogen! doch ließe sich das nicht ändern; Sie müßten ihre Verbrechen abbüßen —

Gustaf. (heftig) Sagt das die Mutter?

Hülsen. Sie läßt ihnen rathen, auf eine Universität zu gehen; und schickt ihnen — ohne daß es der Herr Regierungsrath weis — fünfzig Dukaten zu ihrem Fortkommen

Gustav. (gerührt) Die Mutter? — sendet — mir? ach, die gute Mutter!

Hülsen. Sie werden sehen, daß das mehr ist —

Gustav. Nicht weiter! beschmutzen sie eine mütterliche Handlung nicht mit ihren Zusätzen! (für sich) Sie haßt mich also nicht? O Mutter, warum mußt' ich das so spät empfinden!

Hülſen. (hält das Geld) Was ſoll ich ihr zur Antwort bringen?

Guſtav. Keine! Sie würden ſie doch nicht redlich überbringen. Ich will ihr ſelbſt die Antwort geben, auf dieſe mütterliche Handlung!

Hülſen. Das läßt ſie ſchlechterdings verbitten. Sie will ſie nicht ſehen, und nichts von ihnen leſen. Sie thut das, damit ſie nicht, von Verzweiflung und Dürftigkeit getrieben, die Familie mit Schimpf —

Guſtav. (wüthend) Es iſt genug! Das ſagte die Mutter? nein, das ſagt keine Mutter auf Erden! Boshafter! — fort! ich will das Geld nicht; es iſt Gift, ſeit ſie es tragen. Fort — weg — weg aus dieſem Hauſe — daß ich mich nicht zum zweytenmale vergeſſe.

Siebenter Auftritt.

Vorige. Steps und Fieke kommen eilig.

Steps. Was giebt's? was iſt da vor Lärmen in meinem Hauſe?

Hülſen. Die Frau Mutter des jungen Herrn ſchickt mich zu ihm mit einem Geſchenk. (zeigt das Geld) Und zur Belohnung mißhandelt er mich.

Steps. Pfui! ſchämen ſie ſich! wo bleibt das Chriſtenthum? (grüßt Hülſen höflich. Guſtav wirft ſich in halber Verzweiflung auf

auf einen Stuhl im Hintergrunde, und scheint ganz versunken im Schmerz)

Hülsen. Herr Steps, sie sind Zeuge, daß ich meinen Auftrag ausgerichtet. (will ab)

Steps. (ihn zurückhaltend) Wi — hochgelahrter Herr Hülsen! wollen sie etwan die Gewogenheit haben, das Geld — mir zu vertrauen? Er ist itzt — (zeigt auf den Kopf) Ich will schon Gelegenheit finden —

Hülsen. Zu was ihnen?

Steps. Weil er's brauchen wird. Was macht man in der Welt ohne Geld? Spaß apart! Geben sie nur mir es aufzuheben; von mir nimmt er's gewiß.

Hülsen (höhnisch) Es ist möglich — daß sie's ihm geben — und daß er's nimmt! aber dazu habe ich keinen Auftrag. Ich sollt' es ihm geben; und da er's von mir nicht nehmen will, bin ich meines Auftrags quitt. (schnell ab)

Achter Auftritt.

Vorige, ohne Hülsen.

Steps. Was war das, Fiekchen? Ich glaub gar, er wollt' mich foppen? Möglich? was wollt er mit der Möglichkeit? (geht ihm schnell nach und schreyt zur Thüre hinaus) Was will der Herr mit der Möglichkeit sagen? (kömmt zurück, sieht am Fenster) Dort läuft er schon.

schon. Du bist mir der Rechte. Ihm selbst zu bringen? ja, ja, wer's nicht wüßte! Quisquis suus proximus! Behalten wird er's — behalten! Trotz der runden Perücke.

Sicke. Dießmal hast du Recht, Christelchen. Dem traue ich nicht über den Weg! Er ist ein Duckmäuser.

Steps. Ein interessirter Kerl! Punktum!

Sicke. (Leise) Ja; aber auch boshaft. Ich weis noch gar wohl — wie ich noch im Hause diente — daß er den Thomas uns Brod gebracht hat. Wär' der Herr Hofrath nicht gewesen, der den Thomas gerne aus dem Hause haben wollte, ich hätt' es sicher verrathen.

Steps. Ach was? Thomas war ein Dieb!

Sicke. Es ist nicht wahr, Christelchen Ich habe es durch den Ritz gesehen, daß er — der Hülsen — diese Löffel in des Thomas seine Lade geprakticirt hat.

Steps. Weswegen?

Sicke. Gewiß weis ich's nicht. Aber ich wollte schwören, daß er ihn hat aus dem Hause bringen wollen, weil Thomas mit Leib und Seele an Gustav hing; und den hat der Hülsen nie leiden können.

Steps. So? gut, daß ich das weis! Nun wart', ich will dich schon kriegen für deine Möglichkeit!

Neun=

Neunter Auftritt.

Vorige. Philipp.

Philipp. Herr Steps! geschwinde, geschwinde zum alten Herrn! (Gustav richtet sich schnell auf)

Steps. Was giebts denn?

Philipp. Nur geschwinde! Sie sollen zur Ader lassen. Der alte Herr ist krank.

Steps. Gleich, gleich!

Gustav. (hervorstürzend) Krank? krank ist er?

Philipp. (sieht ihn bedenklich an) Ach, ja wohl!

Steps. Ich thu' mich nur an, und lauf, was ich kann. Fiekchen, komm, hilf mir. (gehen ab)

Zehnter Auftritt.

Gustav. Philipp.

Gustav. O Gott! es gab nur noch einen Schlag — und auch der muß mich treffen. Er ist krank! und ich hier!

Philipp. Ja, Herr! Gott verzeyh' es denen, die daran Schuld sind!

Gustav. Ich bin's! ich Bösewicht!

Philipp. Nein! sie nicht. Sie sie sind verschwärzt. Wenn man nur reden dürfte!

Gustav.

Gustav. Du weißt's nicht, guter Philipp. Ich bins! ich allein!

Philipp. Glauben sie's nicht. Ich habe den Thomas gesprochen, und habe auch gehört — aber es ist nun einmal so — und unser einer — der darf nicht —

Gustav. Wollte der Himmel, ich fühlte es nicht! aber — (aufs Herz zeigend) hier steht die Schuld! — Er ist doch nicht sehr krank?

Philipp. Leider, sehr! er ist schon gar nicht mehr bey sich! —

Gustav. (mit einem Schrey) Gott!

Philipp. Er weint beständig — sieht starr vor sich hin — und nennt immer ihren Namen.

Gustav. (heftig) Er nennt mich noch! — Er nennt mich? O — nun muß ich hin! — hin zu ihm! — Komm, Philipp! —

Philipp. Thun sie's nicht. Es könnt' ihn nur noch kränker machen, wenn er sie sähe.

Gustav. (bewegt) Kränker? — Könnt' es das? nun so soll er mich nicht sehen — aber hören muß ich noch einmal, daß er meinen Namen nennt. Guter Philipp —! ich stell' mich nur hinter die Thüre —! — O! nur noch einen sanften Laut aus seinem Munde!

Philipp. (wischt sich die Augen) Da seh' man nur — was böse Leute machen können! — Das weis er alles nicht, der alte Herr!

Gustav (hastig) Was? Philipp? was?

Phi=

Philipp. Daß sie ihn so lieb haben Denn — noch vor kurzem sagte er — ein Thier liebte doch die Menschen, die ihm wohlthäten — aber Gustav liebte ihn nicht — und nun wollte er auch gern sterben. —

Gustav. (außer sich) Sterben? sterben! — weil ich ihn nicht liebte! Nein, nun halte ich mich nicht mehr. Ich muß hin — und wenn er mich mit den Füssen von sich stößt — ich muß! ich will ihn warten, pflegen, bey ihm wachen, er soll sehen, daß ich ihn liebe; er soll nicht sterben um meinetwillen! — vielleicht — (Pause — blickt zum Himmel) Geh', lieber Philipp; ich folge dir gleich.

Philipp. In Gottes Namen! Vielleicht geht's gut! (ab)

Gustav. Ja, ich will zu ihm! Meine kindliche Sorgfalt wird ihn doch rühren! — er soll sehen, wie ich ihn liebe. Deinen Segen, erbarmender Gott! Erhalte den Besten unter allen Menschen! Nimm mir die Jahre von meinem jugendlichen Leben, und reihe sie an die seinigen! Laß mir nur so viel übrig — als ich brauche, seine Versöhnung — und deine Vergebung — zu erhalten! (stürzt ab)

Ende des vierten Aufzugs.

Fünf-

Fünfter Aufzug.

(Abend. Zimmer in Wiendals Hause) (Die Handlung ist durch einen kurzen Zwischenakt aufgehalten)

Erster Auftritt.

Wiendal. Mad. Ellrich. Albert.

(Auf der einen Seite Wiendal in einem Sessel sehr schwach, eingeschlummert. Auf der andern Seite an einem Tische sitzt Mad. Ellrich in einer schwermüthigen Stellung. Hernach Albert. Auf dem Tische Requisiten zum Aderlassen ꝛc. Medizin in einem Glase. — Alle Reden bis zu Wiendals Erwachen werden mit halber Stimme gesprochen)

Mad. Ellrich. (steht nach einer Pause auf, und geht auf den Zehen zu ihrem Bruder) Er ist eingeschlafen. (Albert kömmt — ihm entgegen) Bst! — er schläft. Nun, hast du Gustav gefunden?

Albert. Ja.

Mad.

Mad. Ellrich. Wie benimmt er sich?

Albert. Gar sonderbar. Er will nicht bedauert seyn; und doch fühlt er, daß er unglücklich ist. Seine Sachen, und alle Unterstützung schlägt er ganz aus; er will, wie er sagt, leiden, und büßen.

Mad. Ellrich. Ein sonderbarer, störriger Charakter!

Albert. Und doch — grämt er sich, daß er des Vaters Liebe verloren hat. Und wie ich, im Ernst durch seinen Zustand gerührt, dastand — da fieng er an zu weinen, und drückte mich an seine Brust — empfahl mir, seinen Vater zu pflegen — und stürzte zum Zimmer hinaus.

Mad. Ellrich. (empfindlich) Und von mir sagte er gar nichts?

Albert. O ja! Es schien ihn zu befremden, daß sie sich um ihn bekümmert hätten.

Mad. Ellrich. So? Er beurtheilt mich nach sich — weil er sich nie um mich bekümmert hat — so denkt er. — Er thut mir doch Leid, ob ihm gleich Recht geschehen ist. Ich will sehen, was Herr Hülsen ausgerichtet hat. Gieb du nur auf den Onkel recht Acht. Du mußt itzt Alles thun, um seine Liebe zu gewinnen. Hörst du, Albert?

Albert. Sorgen sie nicht, liebe Mutter!

Mad. Ellrich. Vergiß nichts. Du mußt dich so beliebt zu machen suchen, als möglich.

Zweyter Auftritt.

Die Vorigen. Hülsen.

(tritt schnell ein)

Mad. Ellrich. St! ein wenig sachte! —

Hülsen. (geht auf den Zehen hervor) Hier ist es zurück. (giebt ihr das Geld)

Mad. Ellrich. Wie? er schlug es aus?

Hülsen. Ganz aus; und auf die beleidigendste Art.

Mad. Ellrich. Ist es denn möglich?

Hülsen. Faß sähen sie mich blutend — er hatte nicht übel Lust, die Scene von heute Morgen verstärkt zu wiederholen.

Mad. Ellrich. Das ist ja ein entsetzlicher Bösewicht! Albert, spiegle dich an diesem Exempel! Das kömmt daher, wenn man der Mutter nicht folgt.

Albert. (küßt ihr die Hand) Ja wohl, Mama.

Mad. Ellrich. Aber was will er denn anfangen?

Hülsen. Das weis der Himmel!

Albert. Ich glaube, er will Soldat werden.

Mad. Ellrich. Was?

Albert. Ja, ich glaube gewiß — er ließ so was fallen von — Holz liegen — und so weiter.

Mad.

Mad. Ellrich. Soldat? gemeiner Soldat? Das müssen wir verhüten!

Hülsen. Aber wie, theuerste Frau Räthinn?

Mad. Ellrich. Man muß genau Acht haben, wo er sich hinwendet. Dann kann man dorthin schreiben, und ihn rekommandiren; man kann ihm auch allenfalls eine Offiziersstelle kaufen.

Hülsen. Wenn er sich darnach beträgt.

Mad. Ellrich. Das wird er ja wohl nun endlich! Ich will zu meinem Schwager schicken, daß der ihn beobachten läßt. Gieb du nur genau Achtung, wenn der Onkel erwacht, ob er etwas verlangt. (ab)

Dritter Auftritt.

Die Vorigen ohne Mad. Ellrich.

Hülsen. Das Mutterherz ist doch nicht zu verkennen! auch gegen den ungerathenen Sohn!

Albert. Er hat nur gar zu wenig Sanftes und Einnehmendes; immer Feuer! — immer war er brausend! sonst —

Hülsen. (einfallend) Ich habe es erfahren! Nun — Herr Albert, itzt werden sie bald die Früchte einärnten von ihrem weisen Betragen. Albae galinae filius eris! Ich bitte, nicht zu vergessen, welchen Antheil ich an ihrem moralischen und ökonomischen Wachsthume in mehrerem Betracht habe.

Albert. Ich werde gewiß dankbar seyn, Herr Hülsen.

H   Hül en.

Hülsen. Ich hoffe, daß Gustav nun aus dem Andenken des Onkels auf ewig verbannt bleiben wird! Und sie dafür der Erbe aller seiner Glücksgüter seyn, und bleiben werden! Erinnern sie sich stäts, daß der Schöpfer die größern Gaben die Sterblichen nur verwalten läßt — damit sie solche nach Verdienst wieder in kleinern Bächen auf Andere fließen lassen! (Wiendal bewegt sich) St! der alte Herr erwacht!

Wiendal. (im Traume) Laßt ihn gehen! Ihr sollt ihn nicht fortschleppen — Gustav! Gustav! — Halte dich fest! — nimm meine Hand — ich will dich schon herausziehen.

Hülsen. (sehr leise) Er träumt von Gustav.

Wiendal. (noch im Traume) Ah! nimm meine Hand! da! — so! bleib nur bey mir, sie sollen dir nichts zu Leide thun! — (schlägt langsam die Augen auf, und sieht sich um)

Albert. (gleich zu ihm) Wie befinden sie sich, lieber Herr Onkel?

Wiendal. Ganz gut.

Albert. Kann ich ihnen etwas verrichten — oder —

Wiendal. Gieb mir nur ein reines Tuch. (Albert bringt es. Er trocknet sich das Gesicht)

Albert. Befehlen sie zu trinken?

Wiendal. Nein.

Albert. Soll ich ihnen die Kissen höher legen.

Wiendal.

Wiendal. Nein.

Albert. Befehlen sie sonst etwas?

Wiendal. Nichts.

Hülsen. (tritt herbey) Der Herr Regierungsrath haben schwer und unangenehm geträumt?

Wiendal. Nein, ich bin unangenehm erwacht. Ich träumte, mein Gustav wäre unschuldig; und — O wäre ich doch von diesem Traume nie erwacht!

Hülsen. Wollte der Himmel, daß er unschuldig gewesen wäre!

Wiendal. Haben sie nichts von ihm gehört? Ist er schon weit von hier? (Albert winkt Hülsen)

Hülsen. Ich habe mich genau nach ihm erkundigt. Er wollte durchaus hier Soldat werden. Da man aber, aus Achtung für den Herrn Regierungsrath, ihn anzunehmen Bedenken trug, und ihm zuredete, zu ihnen zurückzukehren, so lief er in voller Wuth von hier weg. Wahrscheinlich ist er nun schon für einen andern Potentaten angeworben.

Wiendal. Möge er tugendhaft und glücklich werden! Ach Gott, ich hätte nicht von ihm träumen sollen! Er stand so hülflos vor mir, so unschuldig, als an dem Tage, da ich ihn über die Taufe hielt.

Hülsen. Vielleicht wird Zucht und Subordination sein wildes Gemüth bezähmen. Wer weis, sehen sie ihn nach einigen Jahren biegsamer, und besser wieder.

Wiendal.

Wiendal. Ich zittere vor der Vorstellung. Er war die Strenge gewohnt. Biegsamer konnte er werden; besser — nicht! Wenn die Kräfte in ihm gewaltsam erstickt werden, so verliert er auch die Kraft für das Gute. Ich wünsche itzt ein wenig allein zu seyn.

Albert. Ich darf sie nicht allein lassen. Sie sind krank; es könnte ihnen etwas zustoßen.

Wiendal. Ich wäre aber lieber allein.

Albert. Ich bin gar zu besorgt —

Wiendal. Ich wäre gern allein! (Hülsen und Albert ab)

Vierter Auftritt.

Wiendal. (allein)

So sah ich dich doch noch einmal, mein Gustav! und unschuldig! Könnte ich doch öfter so süß träumen! — Der gütige Schöpfer ordnete dieß so weise; er wiegt die Unglücklichen in Schlummer, damit sie durch selige Traumbilder getäuscht, Kräfte sammeln, die Schicksale im Wachen zu ertragen. — Man wollte ihn von mir reißen — er schloß sich fest an mich. — (plötzlich sich besinnend) Ach nein, er schloß sich nicht an mich! ich bin ja leider erwacht. (wird bis zu Thränen gerührt, und still)

Fünfter Auftritt.

Die Vorigen. Blume.

Blume. Um Gottes willen, wie haben sie mich erschreckt! Lieber Herr Bruder! wie geht es itzt? wie befinden sie sich?

Wiendal. Nicht gut.

Blume. Ey, das ist mir ja von Herzen leid! (legt Hut und Stock ab)

Wiendal. (für sich) Kann ich denn gar nicht allein seyn?

Blume. Aber sagen sie mir nur, lieber Herr Bruder, wie ist denn das auf einmal gekommen?

Wiendal. Verschonen sie mich.

Blume. Der arme Teufel! — Vetter Gustav — ist fort?

Wiendal. Er ist fort.

Blume. Ah! wie lange wird es werden, so ist er wieder da!

Wiendal. Hoffen sie das?

Blume. Sie lassen nicht von einander — so wahr ich lebe! Sie lassen nicht von einander. Verstellen sie sich nur nicht.

Wiendal. Ich verstelle mich nie!

Blume. Es thut ihnen doch Leid! nicht? auf Ehre! es thut ihnen Leid. Sie mögen sagen, was sie wollen.

Wiendal. Es thut mir Leid!

Blume.

Blume. Nehmen sie ihn wieder an. Was wollen sie machen? er ist einmal unser Vetter. Wir haben sonst, wer weis, noch was Anders zu fürchten.

Wiendal. Es ist Schade, daß diese warme Fürsprache zu spät kömmt.

Blume. Wie so?

Wiendal. Er ist schon weit weg.

Sechster Auftritt.

Die Vorigen. Albert. Mad. Ellrich.

Mad. Ellrich. Was machst du, lieber Bruder? (giebt Blumen einen Wink, zu ihr zu kommen) Ergebene Dienerinn, Herr Schwager.

Albert. (zu Wiendal) Erlauben sie, daß ich itzt bey ihnen bleiben darf?

Wiendal. (mit einem unwillkührlichen Seufzer) Ach ja!

Albert. Ist ihnen noch nicht besser?

Wiendal. Nein.

Mad. Ellrich. (hat indeß Blumen ins Ohr gesprochen) Besorgen sie das doch gleich; er ist noch in der Stadt.

Blume. (leise) Den Augenblick. (geht nach Hut und Stock)

Siebenter Auftritt.

Die Vorigen. Thomas. Hülsen.

Thomas. (hinter der Scene) Laßen sie mich; ich muß den Herrn sprechen!

Hülsen. (gleichfalls) Ihr dürft nicht.

Thomas. (drängt sich mit Gewalt herein) Ich muß, ich muß!

Blume. (ihm schnell entgegen) Was wollt ihr? Geht fort; der Herr ist krank.

Thomas. Ich kann ihn vielleicht gesund machen.

Blume. Ihr sollt gehen!

Hülsen. Packt euch fort!

Thomas. (laut) Und wenn sie mich umbringen, so gehe ich nicht, bis ich den Herrn gesprochen habe.

Wiendal. (schwach) Was giebt es denn?

Thomas. (laut) Ach Herr! sie wollen mich nicht vorlaßen; und ich habe ihnen was gar Wichtiges zu sagen!

Wiendal. (zu Blume) Herr Bruder, üben sie ihre Autorität, sobald ich todt bin; noch lebe ich. (sie laßen ihn gehen)

Blume. Wie nehmen sie das nun wieder? (Thomas stürzt, sobald er frey ist, hervor, wirft sich vor Wiendal auf die Knie, und küßt ihm mit Wuth die Hand)

Wiendal. Redet, Thomas.

Thomas. Sie sind krank, Herr! Sie haben ihren guten Sohn ausgestoßen, und ich bin Schuld

Hülsen. Das wissen wir wohl.

Thomas. Nein! sie sind betrogen, guter Herr! Ich weis alles. Ihr Philipp hat mir alles erzählt. Sie glauben, er hat die Dose meinem Mädel gegeben; nein, Herr — mir hat er sie gegeben.

Hülsen. Das gilt gleich; man weis, warum.

Thomas. (in Wuth, zu ihm) Herr! ich verstehe ihn! Wenn es nicht hier wäre; ich wollte ihm das Warum —

Wiendal. (ernst) Thomas!

Thomas. Ach, nehmen sie mir es doch um' Gottes willen nicht übel! Sie haben da einen bösen Mann im Hause. Er ist an Allem Schuld! Lassen sie mich es erzählen! Lassen sie mich es erzählen!

Blume. (zu Wiendal) Schonen sie sich, Herr Bruder! — (zu Thomas) Geht itzt! — ein andermal.

Wiendal. Nein. Redet, Thomas.

Thomas. Ich war im höchsten Elend! Die Frau krank, das Kind sterbenskrank, kein Bissen Brod im Hause! Kein Mensch auf der Welt wollte mir helfen. Ich gieng zu ihrem Gustav — er hatte just nichts. Ich dachte: „Gott will es, daß ihr Alle Hungers sterben sollt!" Ich wollte gehen; da kam mein kleiner Peter — der Wirth hatte die Frau und das todtkranke Kind in den Hof geworfen. Das Kind bath ihn, und jammerte so — das erbarmte ihn. Er
langte

langte die Dose vor, und sagte mit lautem Schluchzen: „Da, Thomas, sonst hab ich nichts; nehme er die Dose; versetze er sie; kauf er den Kindern Brod, und bezahle er den Wirth. Aber (stärker) verkaufe er sie ja nicht; sie ist mir theurer als Alles in der Welt! es ist ein Geschenk von meinem guten Vater. Ich will mein Pferd verkaufen, und sie einlösen!" (Wiendal weint) Ja, Herr, das sagte er! Gott ist mein Zeuge! das sagte er! und konnte vor Thränen fast nicht sprechen. — Und den guten Sohn haben sie ausgestoßen! der sie so lieb hat, und so fromm ist. Ach Herr, erbarmen sie sich, und nehmen sie ihn wieder zum Sohn an. (stürzt auf die Knie)

Wiendal. (sinkt hinten in den Stuhl, faltet beyde Hände über den Kopf zusammen, und ruft mit lautem Weinen) O mein Sohn! mein Gustav.

Thomas. (springt mit höchster Freude auf) Ihr Sohn? Gelt', ihr Sohn? O er verdient es gewiß!

Wiendal. (faßt ihn bey beyden Händen, und sieht ihm in die Augen) Wahrheit, Wahrheit liegt in deinen Worten; sie fliessen aus dem Herzen! Geh, Alter, such ihn auf; bringe ihn zu mir! Deine Liebe wird dich ihn schon finden lassen. Eil, such ihn auf!

Thomas. (Freude trunken) Ach ja, ich will nicht essen, nicht trinken, nicht schlafen, bis ich ihn gefunden habe. — (läuft ab; wie er

er an die Thüre kömmt, tritt Gustav ein.
Er erblickt ihn, und schreyt:) Da ist er!
da ist er! da ist er!

Achter Auftritt.
Die Vorigen. Gustav.

(Gustav stürzt vor seinem Vater auf die
Knie, umfaßt seine Füsse, Wiendal sinkt
halb ohnmächtig zurück)

Gustav. Ach Vater! Vater! da ist ihr Gu=
stav; er will sie warten, pflegen, bey ihnen wa=
chen. Laßen sie mich nur so lange bey ihnen,
bis sie wieder gesund sind! Dann will ich ja gern
wieder fort.

Wiendal. (fällt ihm um den Hals) Nie
wieder von mir, mein Gustav! mein theurer
Sohn! Du bist unschuldig! ich that dir Unrecht!
Kannst du mir vergeben?

Gustav. Ach mein theuerster Vater! ich
ihnen vergeben?

Wiendal. Ja! ja! ich that dir Unrecht!

Thomas. Nein, Herr! sie nicht! sie wur=
den verleitet. (gegen Hülsen) Der da — ist
Schuld an Allem. Mein Mädel und ihr Phi=
lipp haben mir alles erzählt. Ich hatte sie mit
Blumen geschickt, und der kam dazu, und schimpf=
te und stieß sie; und der gute Herr Gustav nahm
sich ihrer an.

Gustav. Laß er es doch gut seyn, Thomas!
mein Vater hat mir ja verziehen.

Thomas.

Thomas. Nein, nein, er muß alles wissen! er muß ganz wissen, wie brav sie sind. Herr! was er meinem Mädel für gute Lehren gegeben hat. —

Gustav. Sey er doch still; es ist ja alles gut!

Wiendal. Es war also kein Traum? Mein Gustav liebt mich noch, und war unschuldig? — Aber mein lieber Sohn, warum verleitetest du mich zu einer solchen Ungerechtigkeit? warum bewiesest du nicht deine Unschuld?

Gustav. (schamhaft, mit zur Erde gerichtetem Blick) Ach Vater, ich war ja nicht unschuldig. Ich hatte ja ihr Geschenk von mir gegeben.

Wiendal. (zärtlich) Konntest du es denn edler anwenden? Du hättest dich vertheidigen sollen, Gustav.

Gustav. Ich weis nicht. Ich war ganz betäubt. Ich hatte mich über den Handel so erhitzt, und jäh getrunken; das hatte mir alle Sinne eingenommen.

Wiendal. (mit innerm Vorwurf) Und meine Heftigkeit ließ dich nicht zu Worte kommen? Nicht wahr, mein Gustav? — O sag' du es nur immer; ich fühle es doch! (küßt ihn) Verzeihe mir, mein Sohn! — wo warst du indeß?

Gustav. O Vater, ich wollte fort in die Welt! Ich wollte leiden und büßen für meine schwere Schuld. — Hitze und Kälte — Hunger und Durst wollte ich dulden — weil ich sie, guter Vater, betrübt hatte. Da hörte ich, sie wären krank! krank — um meinetwillen! Da konnte ich es nicht aushalten! es riß mich fort! ich wollte te sie warten, pflegen, — ihnen meine kindliche Liebe und Dankbarkeit beweisen — und dann wieder! — Doch nun! — ich bat für sie zu Gott! er hat mich erhört! er hat mich erhört! Sie sind mein Vater wieder, wie zuvor! O wie will ich ihm danken! wie will ich sie lieben, mein Vater! — sterben will ich eher — als ihnen jemals wieder Kummer machen! (stürzt mit Thränen um seinen Hals)

Wiendal. (zu Mad. Ellrich.) Er dachte doch an mich! Hörst du es? hörst du es? Er dachte doch an mich! (zu den Andern) Nun, was fühlt ihr? Soll ich ihn noch verstoßen? ist er noch meiner Liebe unwerth?

Mad. Ellrich. Nein, das ist er nicht. Es ist mir lieb, daß du wieder da bist, Gustav.

Wiendal. Ich glaube dir es, Schwester! Du bist Mutter — Die Natur kann sich nie ganz verläugnen! Ich bin gerührt, und froh! Die Stimmung will ich nutzen (führt Gustav zu ihr) Schwester! umarme deinen Sohn.

Gustav. (stürzt ihr um den Hals) O Mutter! vergessen sie meine Fehler! Ich bin Schuld, wenn sie mich weniger liebten. Vergessen sie alles; ich will sie lieben und ehren.

Mad. Ellrich. Es wird alles von dir abhängen, mein Sohn. Sey sanfter und freundlicher, nicht so wild und störrig; und du wirst eine gute Mutter an mir finden. (küßt ihn)

Wiendal. So! nun spricht die Natur! lange schwieg sie! Liebe Schwester, umarme mich auch!

auch! (sie umarmen sich) Du haſt mir itzt viel Freude gemacht. Ich will auch meine Schuld gleich bezahlen. Albert! (Albert tritt herzu) Albert, du hatteſt Grund zu fürchten, daß ich dich deinem Bruder zu ſehr nachſetzen würde? Nein, das wird nicht geſchehen. Du biſt auch der Sohn meiner Schweſter. Sey künftig offen — gerade — redlich! ſuche nichts zu ſcheinen — nur zu ſeyn! So wirſt du mein Vermögen und mein Herz mit deinem Bruder theilen. (Albert will ihm die Hand küſſen, er verhindert es)

Mad. Eilrich. (auf einmal recht freudig) Nun ſieh! itzt biſt du recht billig, Bruder! Nun hat aller unſer Zwiſt auf einmal ein Ende.

Blume. (tritt auch näher) So iſt es ſchön! das heiß' ich gerecht! das freut mich! (reicht Wiendal die Hand)

Wiendal. (lächelnd, mit einem ganz kurzen Druck) Ich glaube ihnen. Doch — Herr Schwager — ſo viel thun ſie mir wohl zu Gefallen, weder Guſtav, noch ſonſt Jemand in Zukunft bey mir zu vertheidigen. Sie haben ſo eine beſondere Art dabey. Ich weis nicht — aber — es ſcheint immer, als wäre es ihr Ernſt nicht.

Blume. (tritt verlegen zurück) Wie nehmen ſie das nun wieder?

Neunter Auftritt.
Die Vorigen. Steps.

Steps. (ſehr eilig. Im Kommen) Da bin ich, in möglichſter Geſchwindigkeit. Kniefäl-
ligſter

ligster Diener, mein hochzuverehrender Herr Re‑
gierungsrath! Mit dem größten Leidwesen habe
ich vernommen —

Wiendal. Ich danke für ihren Antheil,
Herr Steps.

Steps. Und komme auf Befehl —

Wiad. Ellrich. Es ist nicht mehr nöthig,
Herr Steps.

Steps. Der Musje Philipp hat mich doch —

Gustav. Ein Engel war es in Philipps Ge‑
stalt! Freuen sie sich mit mir! mein Vater ist
versöhnt, und genesen.

Steps. Da gratulire ich zweyfach! allein —

Gustav. Und sie werden entschädigt werden
für diesen Gang, und ihre mir so heilsame Auf‑
nahme. (zu Wiendal) Vater, er gab mir Ob‑
dach; bey ihm fand mich Philipp; diesem ver‑
danke ich es, daß ich itzt bey ihnen bin.

Wiendal. (zu Steps) Ich will den Mieth‑
zins entrichten für meinen Gustav.

Steps (bückt sich sehr tief) O — das —
will ja soviel — als nichts sagen — (tritt mit
Verbeugung zurück.)

Wiendal. Wir sind unterbrochen. Es giebt
noch Einiges zu schlichten. (zu Hü.sen) Erst zu
ihnen! Trotz der Kenntniß von vier Tempera‑
menten, verstanden sie doch nicht die Bildung
junger Männer; dieß machte sie schon an sich für
meine Absicht unbrauchbar; zugleich haben sie
sich heute von einer Seite gezeigt, welche ihrem
Herzen ganz und gar keine Ehre macht. — Viel‑
leicht

leicht möchte ich in einer — minder fröhlichen Stunde ihr Betragen ernster untersucht haben. Doch für itzt begnüge ich mich, sie zu ersuchen, nach Empfang ihres Gehaltes, sobald als möglich, mein Haus zu verlassen.

Hülsen. (trotzig) Das kann ich.

Wiendal. Für euch, Thomas, werde ich sorgen. Das Vergangene sey vergessen. Ihr habt mir meinen Sohn wiedergegeben. Euer Herz ist gut. Könnt ihr mich in der Folge von eurer Unschuld überzeugen? desto besser für uns Beyde!

Thomas. Gott wird sie an den Tag bringen. (deutet auf Gustav und Wiendal) Itzt habe ich sonst nichts mehr zu wünschen.

Steps. (tritt schnell vor) Meynen — mit unterthänigster Erlaubniß! — meynen der Herr Regierungsrath den Umstand mit den Löffeln?

Wiendal. Ja, Herr Steps! Wissen sie etwas?

Steps. Alles, mein hochzuverehrender Herr Regierungsrath. Mein Fiekchen hat mir es vor Kurzem entdeckt. (Thomas, Gustav und Wiendal sind sehr aufmerksam),

Wiendal. Sagen sie!

Steps. Hineingesteckt — sind die Löffel worden in die Lade; boshaftiger Weise! Fiekchen hat es durch den Ritz gesehen.

Wiendal. Wer that das?

Steps. (auf Hülsen zeigend) Der Herr da, der das Christenthum (auf Kleid und Perücke) auswendig trägt. (rachsüchtig zu Hülsen) Da haben wir die Möglichkeit! (Thomas faltet dankbar die Hände)

Wiendal.

Wiendal. (sehr ernst) Thaten sie das? — Können sie sich rechtfertigen? (Pause) Nein? (Hülsen antwortet nicht, und sieht sich boshaft um) Genug! Mein Entschluß ist ihnen bekannt? Vergiften sie nicht länger diesen Zirkel durch ihre Gegenwart. (Hülsen ab. Gustav geht zu Thomas, und drückt ihm die Hand. Thomas weint, und wischt sich die Augen) Thomas! tretet noch heute euern Dienst an. Ihr sollt entschädigt werden für eure unschuldigen Leiden.

Thomas. Herr! ich kann nicht reden!

Wiendal. (nach einer Pause, in welcher er Mad. Ellrich, Albert, Thomas und Steps betrachtete) Alles heiter und froh! Fast so froh, als ich und mein Gustav. Schwester und Bruder, alles ist versöhnt — erfüllt von Dank und Liebe; und dieß ist — die Frucht der Gerechtigkeit und Billigkeit. Dank dir, gütiger Schöpfer, für deinen häuslichen Segen! Ich entbehrte durch eigne Schuld. Nun, Allgütiger, sehe ich mit Heiterkeit dem Winter meines Lebens entgegen. Gustav, hier ist dein Geschenk wieder. — Verwahre es gut! und willst du künftig wohlthätig seyn, mein Sohn; so fordere von deinem Vater! Seine Börse, und sein Herz sind immer offen für dich.

Ende.